サイド バイ サイド

伊藤ちひろ

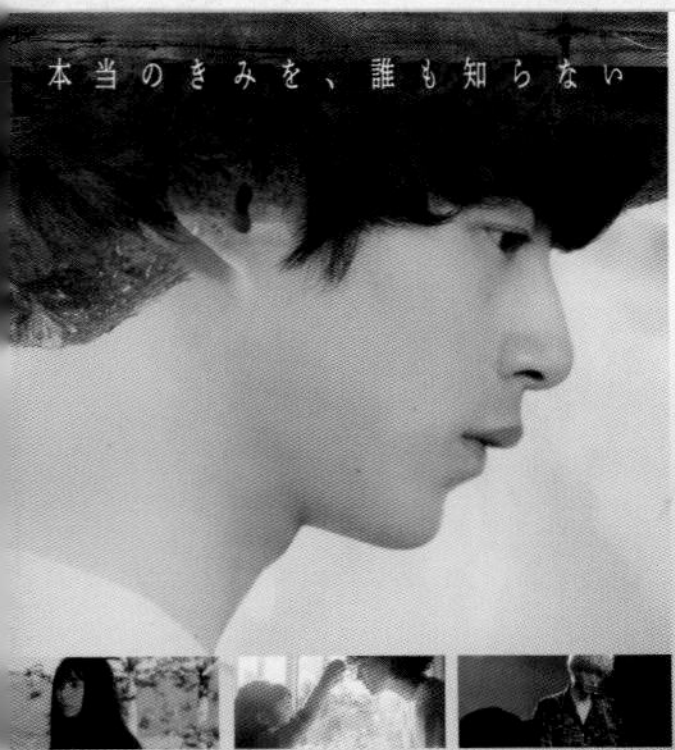

1

寂しいとき、いつも隣に居てくれた。草食恐竜のようにしなやかな肩を持つ彼は、いつもわたしを軽々と持ち上げる。

考えてみたら一緒に過ごした時間は二年に満たない。だけど、未山《みやま》くんといた日々がいまのわたしをつくってくれているって、事あるごとに思ってしまうから、だから、もう一度、会いたいひと。わたしは彼のことが大好きだった。

彼がいまも、あの頃のままで居てくれたなら、どんな毎日だったのだろう。学校の帰りに待ちあわせをして、いまの時期なら彼が好きな桑の実を、秋になればわたしが好きな柘榴《ざくろ》をつまみながら、今日あったできごとを報告し合ったりする夕暮れの道は、きっと遠まわりをしたくなったり、歩く速度がだんだんとゆるんでいったりする。

彼はそんなわたしにやさしい視線を向けて、どこまでもつきあってくれただろう。そして玄関のドアを開けるときには、すっかり心のコリが解けているのだ。

だけど今日もわたしはひとりで歩いている。ながい、家までの道。何度も末山くんと手を繋《つな》いで歩いた道。ちいさな子どものわたしではなく、いまのわたしと末山くんでどんなことを話せたのかな。

「わたし今日ね、見たくないものを見ちゃったよ」

朝、最近のわたしは、とてもはやく学校へ行く。そうすると、いいことがあるから。

なぜなのか毎日誰よりもはやく登校している冬馬《とうま》くんと、静かな教室でふたりきりの時間を味わう。

ほとんど会話なんてできないけど、それでもよかった。

だけど今日は、教室に入ると、冬馬くんの姿がなかった。かばんもなくて、まだ来ていない理由をあれこれ想像していたら落ち着かなくなって、わたしは自分のロッカーに常備しているレモンのグミを取りに廊下に出た。

隣のクラスに、いつのまにか人の気配があって、少しだけ開いている扉に近づいてみると、そこに冬馬くんはいた。

それともうひとり、女の子がいた。

冬馬くんはその子の両手をとって、何かを夢中になって語りかけていた。冬馬くんのみずみずしい目が、その子を見つめてさらに透明度を上げていた。

冬馬くんは感情があまり顔に出てこないひとだと思っていた。だけどそこにある笑顔は、想像できなかった柔らかさでかたちを変えていて、わたしは胸がぎゅうっと痛くなった。

冬馬くんからあんなふうに見つめられたら、相手は一体どんな表情になってしまうのか知りたかったけど、わたしのいる角度からそれを確かめることはできなかった。その子のつやつやの黒い髪は耳のしたあたりで切り揃えられていて、白くて細い首が印象的だった。話したこともないし、名前も知らない。

わたしはふたりに見つかるまえに教室に戻った。そしてなんとなく、冬馬くんの席に座った。いつもの朝なら彼が座っているはずの場所に座ると、哀しみはさらにどすんと胸にきた。

冬馬くんは、いつも清潔な姿勢で座っている。姿勢がいいというわけでもないのだけれど、なんだかその様子に、とてつもない清潔感が漂っている。そして、なにをするでもなく、読書をしたり、寝たりとか、そういうこともなく、ただ、何かに思いを巡らしているような感じで座っている。わたしはそれを見ているのが楽しい。

わたしは冬馬くんの席から自分の席をふりかえってみた。たまに彼がそうするように。

そして、そういうときに彼からわたしはどう見えているのか考えた。

わたしは彼にとって、もしかしたら邪魔者だったのかもしれない。

家に着くと、ママがすでに帰っていた。

ママは、町にある大きな病院の看護師さんで、地域の高校生がつくっている小冊子にフィーチャーされたこともある。患者さんやその家族に対し、お節介なほどの働きぶりだということでファンが大勢いるらしい。

ママの記事を担当した女子生徒が、記者を目指すのをやめて、高校を卒業後は看護学校に行くことを決めた。

「おしゃべり好きなところも人気の秘訣《ひけつ》みたいだねー」

なんてことも自分で言ったりして、ママはいつだって元気そのもの。

だけど、家にいる時間は大抵いたるところでごろごろと転がっていた。

未山くんがいた頃は、そのまま眠ってしまってもすぐにふとんの上に運んでもらえていたけれど、いまはママを動かせる力を持つ者がいない。だから首をひねらせて動かせなくなってしまったり、腰をがちがちにさせたりしてよく苦しんでいる。

こりもせず今日もキッチンのカウンターまえの床で眠っていた。見かねた聡《さとし》が、「詩織《しおり》、ごはんだよ」と揺り動かしたけど、ママは、「いまい夢見てるところだからストップ」と言って動かなかった。

ママはよく夢を見る。そして、夢の中にいる時間をとても大切にしている。だからわたしはママを起こすことに、とまどいがある。もしもいまママが夢の中で、未山くんに会えていたとしたら、それを邪魔することはいけないことだと思うから。

起きたあとでどんなに体が痛んでも、その時間はきっとかけがえのないものなのだ。

ママ抜きで始まった晩ごはんは、エビとイカと黒オリーブの入ったグラタン。

これは最近の莉子《りこ》ちゃんの得意料理で、とてもおいしいのだけれど、莉子ちゃんは、正直、普段からあまり料理をつくるのが上手ではなくて、わたしたちから、「これはとてもおいしい」と認定されたメニューを、平気で一週間に二度や三度もつくったりする。

つまり、三日前の日曜日のお昼ごはんも二日前の晩ごはんも、まったく同じエビとイカと黒オリーブの入ったグラタンだった。

日を追うごとにその傾向はあきらかに強くなっている。

もともと、できあいで済ませることが多かった我が家は、それでも、わたしの成長と共に少しずつ変化していった。わたしと莉子ちゃんの交代制で料理を担当し、ときどきはそこにママも加わって、そうやって協力しながら日々の食生活を送ってきた。

でも莉子ちゃんが、わたしが中学にあがると同時に、これからは日々のごはんの用意を基本的に自分ひとりに任せてほしいと宣言したのだった。わたしたちが食べおわる頃になって起きてきたママは、同じメニューがつづいてもちっとも気にしないみたいだから、今日もうれしそうにそのグラタンを食べていたけれど、わたしと聡はどうしてもちょっとだけテンションが下がる。

そのグラタンのまえに認定されていたのは、キノコとゆで卵が入ったチャーハンだった。連続で同じメニューがつづくということは、さすがにないので、新メニューが挟まれることがある。それを「おいしい」と言うと、重点がそっちにスライドする。

キノコとゆで卵のチャーハンが続いていたなかに入ってきたのがエビとイカと黒オリーブの入ったグラタンだった。新しい料理の登場にわたしと聡がうれしくなるのは当然で、「おいしい！」って興奮するから、いま、こうなっている。

このようにつづいてくると、だいたい聡から、「しばらくグラタンはよそうね、って言ってよ」とか頼まれる。

キノコとゆで卵のチャーハンのときにも言われて、「自分の親なんだから聡が言いなよ」と返すと、「僕からはそんなこと言えないから頼んでるんだろ、ケチ」って、言われた。

莉子ちゃんに同じメニューがあまり続かないようにつくってもらえないだろうかと、お願いしようと思ったことはあったけど、どうやって伝えたら文句というかたちにならずに済むのかとあれこれ練っているうちに、わたしとしては、つくってもらっておいてワガママを言うのは、やっぱりちょっと、考えを改めるべきは自分、と思えてきたのだった。

テンションが下がるのは、あくまでも正直な気持ちというだけであって、自分としてはそれを莉子ちゃんに主張する気はないという結論に自分のなかでは落ち着いた。

今日、聡からまた同じようなことを言われたら、「おいしいものは毎日だって食べられるからわたしは全然平気。聡はまず、つくってくれる母親にきちんと感謝して」と言い返してやるのだと決めていたのに、なにも言ってこなかった。ただ睨《にら》むようにわたしを一度見ただけだった。

聡はいつからあんなに生意気な感じになってしまったのか。未山くんの下の名前をそのまま貰《もら》ったくせに要素がまるでない。聡が成長すれば未山くんのようになるのだと、子どもの頃は本気で信じていた。

わたしはまったく覚えてないのだけれど、ママいわく、赤ちゃんの聡にわたしは何度か「未山くん」と呼びかけていたらしい。

「聡の父親は未山くん？」

わたしは一年ほど前、ずっと気になっていて、でもとても言いにくかったことをついにママにぶつけた。

「えー、美々《みみ》もしかして未山くんだと思ってたの？」

とママは軽々と笑った。

「うん、思ってた」

わたしは口から飛び出しそうになっている心臓を必死で飲み込んでいた。

「なるほど、そっかあ」

そう言ってママは、しばらく黙るとわたしに言った。

「これからはさ、気になることがあったらなんでもわたしに訊《き》いていいんだよ。美々も、もう中学生だもんね。これからどんどん体験が増えてさ、いろんなこともっといっぱい知りたくなるよ。ママに遠慮なんてしないでなんでもばんばん訊きなね。莉子ちゃんだってきっと訊いたらなんでも答えてくれるんじゃないかな」

わたしはそのとき、よく分からないけど、なぜなのか本当に分からなかったけど、涙がどばどば出てきて止められなかった。

ママはそんなわたしを抱きしめた。

「聡は未山くんの子じゃないよ」

とママは言って、それから、

「だけど、それってわたしたちにはあまりどっちでも関係ない気がしない？　というよりむしろ、未山くんの子どもだったら、それはそれで今となっては嬉《うれ》しかったのかもなあ」

と言って笑った。

わたしの涙を拭《ふ》くとママは、やっぱりこのときも、床に寝ころんだ。

そのときはわたしもママの隣に寝ころんで、くっついた。

床はひんやりしていて、熱くなっていた体には気持ちよかった。

泣き疲れた目を休めていると、ママが言った。

「でもさ、父親みたいなもんだよね、未山くんは美々と聡の」

聡は、居なくなってしまった未山くんと入れ替わるようにして誕生したから、未山くんとは会えてないけれど、ママの言いたいことは分かる気がした。

「莉子ちゃんだってきっと訊いたらなんでも答えてくれる」、そのときママはそう言ったけど、それはたぶん簡単じゃない。これまで過去に何度か、ふと未山くんのことを莉子ちゃんに訊いてしまったことがあって、大抵、「忘れちゃった」って言われてきた。

忘れているわけないけど、その言葉が出たらもう訊かない。未山くんのこと、言葉にすることで自分の外に出ていってしまうのがいやなのだと思う。それはママもきっと同じではないのか。わたしたちはいまになってもまだ、あの圧倒的な柔らかさに包まれたままでいたいのではないのか。言葉にして未山くんの不在をどんどん現実のものにしてしまうのは、その膜のように残っている彼の静かな残像まで破れて消えていく気がして怖いのだ。

2

未山くんは、わたしとママのまえに突如現れた救世主だった。

パパはひとりで遠く離れたところに引っ越してしまって、置いていかれたママとわたしはふたりきりで暮らすことになった。

ママは仕事が休みになると、わたしを連れて片道二時間かけてパパに会いに行った。

二階建ての黄色い屋根の一軒家。

そのなかで白衣姿のパパは、訪ねてくるひとや、同じような白衣を着たひとたちから「院長」と呼ばれていた。

あの頃はそこが一体どんな場所なのかまったく分かっていなかったけれど、いわゆる『整体院』だったのだろう。

石を削るのがパパのお仕事だと教えられていたわたしは、パパがなぜ突然、こんなにも遠い場所で、わたしたちと話そうともせず、白衣姿でドアの向こうに閉じこもっているのか分からなかった。まるで、終わりの見えない奇妙なお医者さんごっこの世界に迷い込んでしまったように感じられて、ただ何時間も怯《おび》えながらママにくっついているだけだった。

そもそもパパがわたしたちと暮らしていたときにやっていた石を削る仕事というのがなんの職業のことなのかも分からないし、遠く離れたところで「院長」となったわけも、わたしは未《いま》だになにも知らない。それにいまさら興味もない。

わたしにとってパパは最初から奇妙な存在だったようにも思うし、パパからの言葉とか、そういったこともなにひとつ残っていない。

ママは帰りの汽車でいつもわたしに隠れるようにして泣いていて、わたしは幼いなりに、自分とママが、パパにとって不必要な存在なのだということを感じ取っていた。わたしたちとパパとの関係を理解するのには、それで充分だった。

それでもママは何度もパパに会いに行った。

わたしはもう行きたくないと駄々をこねたことは一度もなかったように

思う。

あの陽が当たらない黄色い屋根の家も、白衣の集団も、彼らから放たれる視線も、たまに聞こえたキュルキュルという得体の知れない音もすべてが不気味なものでしかなかったけれど。

床も壁も天井も光沢を持った木でできていて、壁に近づくと、もったりと甘い匂いがした。その匂いがいやで、吸い込むたびにわたしの体のなかにくっつくのかと思うと、気持ちが悪かった。だからわたしは、鳥肌を立てながらできるかぎり最小限の呼吸で耐えていた。

だけど、こんな記憶は、きっとだいぶいい加減に仕上がっている。あの場所はいまでもたまに夢に出てくるせいで、正直、どこまでが現実のものなのか、たぶんかなり記憶の片鱗《へんりん》と夢が合成されている。

幼い頃に読んでいた本をいまになって読み返すと、まったく思っていた物語とちがうなんてことがあるから、わたしは自分の記憶を信じきれない。

いま思えば、わたしの記憶のなかではみんなして同じ仮面をかぶったように冷たい表情を向けてくる白衣の集団、つまり、おそらく整体院のスタッフである彼らからすると、ママとわたしのほうがよっぽど不気味に映っていたのではないだろうか。院内の片隅で何時間もただひたむきにふたり並んで座り続けているのだから。あの頃のママはきっと何か悪いものに取り憑《つ》かれていて、本来の心を見失っていたのだと思うから。

わたしが無意識に記憶をカスタマイズしていたとしても、あの空間がわたしにとっては恐怖や不気味なもので覆われていたことは変わらない。

それを破るように未山くんは現れた。

おそらく、ママとわたしがあの場所に通うようになった最初の頃はまだ未山くんはあの場所にいなかったのだと思う。あるときからいつも姿を見るようになって、わたしたちと目が合うと必ず声をかけてくれた。あの場所で笑顔でわたしたちに近づいてくるひとはきっと他にいなかったのではないか。

わたしはひとめで彼を好きになった。

ママの休みの日が待ち遠しくなり、楽しみに変わった。それなのにママはもうあの場所に行かなくなった。

淋《さび》しく思っていると、ある日、未山くんがわたしたちの家に来た。そのうちに、彼は「いいところだから」と言ってこっちで暮らすようになり、そしてあまりにも自然とわたしたちの生活のなかに交ざっていった。

3

冬馬くんに手を握られていた女の子の名前はすぐに知ることができた。

「おまえ隣のクラスのモモセアコと付き合ってんの？」

お昼休みの教室で寺田《てらだ》が冬馬くんにそう声をかけるのを聞いてしまった。

その配慮のない声量にわたしはひやひやして周りを見たけど、わたし以外に耳をそこに向けたひとはいないようだった。

まだ噂にもなっていない冬馬くんの恋愛事情をみんなに知られたくない思いは、どうやら本人よりもわたしのほうが強いみたいだ。

「まだそういうんじゃないけど……」

冬馬くんは特に声をひそめるでもなく、寺田の質問に答えたので、声に含まれた感情までそのままわたしに届いてしまった。

まだそういうんじゃない。

冬馬くんが「けど……」のあとに続けたかった言葉は当然、「おれは付き合いたいと思ってる」なのだろう。

わたしは廊下に出ると、隣のクラスのまえに並ぶロッカーから〝モモセアコ〟をつい探してしまい、漢字で書くと「百瀬亜子《ももせあこ》」なのだと知った。

それから、開いた扉の向こうになんとなく顔を向けながらゆっくりと歩いて、あの白くて細い首を探した。ところが、美雪《みゆき》ちゃんと目が合ってしまい、美雪ちゃんはその目を外さず廊下に出てきて、わたしに、「どうしたの？　誰か呼ぶ？」と訊《き》いてきた。

「なんで？」

びっくりしてわたしは質問で返した。

「え、誰か探してたでしょ？」

さりげない感じで教室のなかを見ていたつもりだったのに、美雪ちゃんは鋭かった。

「美雪ちゃんは百瀬亜子さんと仲良し？　どんな子？」

本当は、そうやって訊きたかったけど、そんな鋭いひとを相手に探りを入れるのは無理だ。

「ううん、探してない。なんとなく、美雪ちゃん元気かなって思って」

と嘘をついてしまった。

嘘はきらい。でも、わたしの想いは、誰にも話していない内緒のことだから、この場合、仕方がない。だからこの嘘のせいでどうかバチが当たりませんように。恋の行方を悪いものにするのはどうか勘弁してください。わたしから冬馬くんをとりあげないでください。そうやってわたしは頭のなかで祈ることに必死になっていて、美雪ちゃんの近況報告はまったく耳に入ってこなかった。

だけど祈りは届かず、一分後には、もうバチをくらっていた。

わたしの視界に冬馬くんが入ってきて、そして誰かに声をかけた。

冬馬くんのうれしそうな、あんなにも高揚した顔を見れば、隣にいる子が百瀬亜子さんなのだということは、首を確かめなくても一目瞭然《いちもくりょうぜん》、分かってしまう。

好きなひとから好きになってもらえることは、奇跡みたいなものなのだろう。その奇跡がわたしに起こったことは一度もない。魔法なんて現実にはないから美人に変身できたりもしない。恋が成就するとどんな気持ちになるのか知らない。心にまたひとつ穴があいてしまった。ぎざぎざにささくれ立ったみすぼらしい穴。

こんな穴を増やすのはいやだから、もう恋をするのはやめる。相手のほんのちょっとの言動でいちいち大げさに喜んだり哀しんだりする自分がきらい。

きっとママだってもう恋はしないのだろうからわたしもママの仲間になろう。そう決めた。

朝起きて、歯を磨くとき、鏡のなかの自分にびっくりした。

そうだった、わたしは髪を切ったのだった。こんなに短くしたのは初めてで、新しい自分の姿にまだ慣れない。

昨日わたしは晩ごはんに、今月に入って五度目になるエビとイカと黒オリーブの入ったグラタンを食べ終えると、莉子ちゃんに頼んで髪にハサミを入れてもらった。

そして気づいたら百瀬亜子さんと同じような髪型になってしまっていた。だけどだいじょうぶ、わたしの髪は少し茶色い性質だから百瀬亜子さんの真っ黒な神秘的な感じにはならないから。

同じようにするつもりなんて全然なかった。わたしはなぜこんなにも、おろかな女なのだろう。

新しい自分と向き合っていたら、隣に新しい莉子ちゃんが並んだ。まだ眠そうな莉子ちゃんは自分の姿にはまったく興味を示すことなく歯磨きを始めた。

「莉子ちゃん、莉子ちゃんはこれまで何人のひと好きになったことあるの？」

昨日、莉子ちゃんに髪を切ってもらいながらわたしは訊いた。

「恋のこと？」

「うん、そう」

「……ふたり」

莉子ちゃんはそう言った。

「……ひとりは……未山くん？」

不意に訊《き》いてしまったことだった。莉子ちゃんに好きなひとの話を訊いたら未山くんの話になってしまうに決まっていたのに。「未山くん」と言葉にしたときには、とても緊張した。

莉子ちゃんは、「そうだよ」って言った。

「もうひとりは？」

「聡の、一応パパにあたるひと」

わたしは、なにか立派な返しの言葉が浮かばなくて、仕方なく「ふーん」とだけ言った。

「うん、そのひとのこと、きっとちゃんと好きだったと思う」

莉子ちゃんがそう言ったので、「ちゃんと好き？」とわたしは訊いた。

「ちゃんと好き。手を繋《つな》げば安心できたし、口をきいてくれないときは泣きたくなった。それに、気持ちが伝わらないと苛々《いらいら》もして、苦しくなった」

「ふたりだけ？」

「そうだよ。少ない？」

「ううん、そんなことないけど」

「美々は？」

「恋の数？」

「うん」

わたしは、答えるのが恥ずかしかったけど、莉子ちゃんにこれだけのことを訊いておいて自分はノーコメントというわけにもいかなかった。これが腹を割って話す、ということだろう。

「……いっぱいだけど、全部叶《かな》わないの。だからもうやめるんだ」

莉子ちゃんはいつもわたしの話を淡々と聞いてくれる。おかげで恥ずかしさは消えた。

「やめるって、恋を」

「うん、恋を」

それから莉子ちゃんはしばらく黙って、そして言ったのだ、「わたしも切ろうかな」って。

「美々が切ってよ」

似た髪型のふたりで並んで歯を磨いた。そうだ、この髪型は百瀬亜子さんのものというわけではない。わたしのものでもある。莉子ちゃんのものでもある。誰かだけのものではない。

真似などではない。

「莉子ちゃん、その髪、似合ってる」

そうわたしが言うと、

「美々も似合ってる。その新しい髪型もかわいいよ」

と、莉子ちゃんが言った。

莉子ちゃんとの出会いは、思い出すとちょっと笑ってしまうほど、変だった。

ある時期、未山くんがちっともわたしたちに会いにこなくなったことがあった。

「未山くん来ないの？」

そうママに尋ねると、次の日には、わたしを連れて未山くんに会いに行った。

その日は雨だった。わたしは当時持っていた雨ガッパや長靴、シャボン玉みたいな傘がどれもお気に入りだったので、雨の日はいつもわくわくしていた。そのすべてをフル装備でおしゃれをして車に乗り込んだ。

ママは道に迷ってしまい、「変だなあ、なんでまたここに来ちゃうんだろ」と言って、別の道を行ってみるけど、何度も同じところに出た。

その不思議な現象にママはだんだん怖くなってきたみたいだったけど、わたしは徐々に荒くなっていく運転によって生じた車酔いと闘いながら「ママがんばれー」と応援することしかできなかった。

結局どのようにして辿《たど》り着くことができたのかは覚えていない。

きっとママが「もう一度こっち行ってみよう」と諦《あきら》めず何度もトライしていくなかで、なにか見落としていたところに光が射して違うところに入っていくことができたのだろう。

末山くんは小屋にいた。その末山くんはわたしの知っている末山くんとどこか違っていて、なんというか弱々しくて物哀しいような感じがした。なかに入ると真っ暗で、空気までが黒く染まっているみたいに見えた。そしてそこに一緒にいたのが莉子ちゃんだった。この黒はこのひとから放たれているものなのだということはすぐに分かった。

『黒い巨大繭』

わたしは小学校にあがってから、あの小屋のなかの世界を記憶のままに絵にした。

繭というのをどうしても漢字にしたくて辞書を探したら、床に転がっているママの枕になっていた。取り返した辞書にある繭という文字を模写しているときにママからは、

「なんかずいぶん渋いタイトルだね。推理小説みたい。『出現！　黒の巨

大繭』みたいなほうがウルトラマンとかみたいでいいんじゃない？」

と言われても、これ以外にぴしゃりとはまるタイトルは浮かばなかった。

絵は県のコンクールで優勝したし、いまとなってはいい思い出になっているのだけれど、あのときのあの場所で見た莉子ちゃんと未山くんは、ふたりとも似たような暗い顔をしていて、とにかく変だった。

その日は、わたしたちが来る途中に寄り道して買ったサンドイッチをみんなで分け合って食べると、雨も上がって、わたしとママは家に帰った。帰りのほうがママは混乱していたはずなのに、道に迷うこともなく、すんなりと家に着くことができた。

なにからなにまで摩訶不思議《まかふしぎ》な、まるで夢のなかにいるような一日だった。しかも自分ではない他の誰かの夢のなかに。

そこから数日が経って、今度は未山くんが莉子ちゃんを連れてうちにきた。それからずっと莉子ちゃんはわたしたちと一緒に暮らしている。

ママが、当時おなかに聡をみごもっていた莉子ちゃんのことを心配して一緒に暮らすことを提案したというのをわたしは最近、莉子ちゃんと話しているなかで知った。

一緒に暮らし始めると、ママは莉子ちゃんのことをすっかり気に入ってしまい、あの持ちまえの明るさでどんどん仲良くなっていった。

莉子ちゃんは末山くんの昔の恋人だったのに、ママのそういうたくましいところ、好きだ。

4

わたしは、意味を失くしたのに、はやく学校に行った。

教室に入ると冬馬くんからいつものように「おはよう」と言われて、「おはよう」と返すけど、わたしの冬馬くんに向ける笑顔はどんどんへたくそになっている。もはやもう笑顔ではなくなっているような気がしないでもないのだけれど、自分でそれを確認することができないので、どうすることもできない。

すぐに、

「あれ、髪短くなってる」

と言われた。

わたしは、その冬馬くんの「あれ」という言葉が意味することを考えてしまってなにも言えずに黙っていた。

「あんなに長かったのに。どうしたの？」

「いいじゃん。冬馬くんには関係ないでしょ」

わたしはそんなかわいげのないことを、なんだか勢いで言ってしまった。

「よかったのに、あの髪」

冬馬くんは最悪だ。そんなふうに言われてどうしたらいいのか分からなかった。

気の利いた返しも浮かばず、わたしは席に座ったけど、冬馬くんにこっちを振り返られたら困るから、教室を出た。

隣の教室にはまだ誰もいなかった。

あの日、冬馬くんはあんな顔して、一体なにを話していたのだろう。

わたしの心は、わたしが思っていた以上に貧弱みたいだ。

二時間目の授業が理科だった。

黒板には仁科《にしな》先生によって大きな眼球が描かれた。目の構造について先生が「ガラス体」とか「虹彩《こうさい》」とか説明するけど、虹彩は「交際」としか受け取れないし、冬馬くんが百瀬亜子さんを見るときのあの気持ちのこもった目のことばかりがちらついた。

「盲点」についての説明がすごく気になっていたのに、はなしを一生懸命聞こうとしても、ちっとも頭に入ってこなかった。

哀しみをこらえる筋肉に、きゅっと力を入れて、心が目に表れる仕組みについてばかり考えていた。

理科の授業のおわりを知らせる鐘が鳴ると、わたしは立ち上がり、そして決心した。こんな陰気な気持ちでいるのは耐えられない。こんなのは今日までだ、と。

そしたら、休み時間のトイレで百瀬亜子さんに遭遇してしまった。

わたしは百瀬亜子さんが入っていった個室の隣に入ると、彼女の気配に全神経を集中させて、同じタイミングで水を流し、揃ってドアから出た。

彼女は丁寧な仕草でゆっくりと手を洗う。わたしは普段の倍の時間をかけて手を洗いながら、その顔を観察した。

気品ある猫のような目や小さな鼻に、くぎづけになった。

教室が隣なのだから冬馬くんが恋している相手と知るまえからきっと廊下やトイレなんかで、さんざんすれ違ってきただろう。そのなかで一度も気に留めてこなかった子なのに、彼女のことが特別な美しい人間に見えた。

うっかり目が合ってしまったけど、わたしたちは、友だちではないから、なにも挨拶《あいさつ》もすることはない。彼女はそのまま教室に戻っていった。

敗北感しかなかった。

恋から足を洗ったわたしは、朝はやく学校に行くのをやめた。

陰気な気持ちとも決別できた。

それでもわたしの苦行はつづいた。どうしても、百瀬亜子さんのことが、やたら目についてしまうのだ。いまでは冬馬くんのことよりも目で追うようになっていた。

わたしがそうやって見ているものだから、よく目が合ってしまう。

今日は階段で、上がってくる彼女と鉢合わせになって、それでとうとう声をかけられてしまった。

「今日、新堂《しんどう》くん学校来てないの？」

拍子抜けした。わたしのことでも冬馬くんのことでもなかったから。そして声は、イメージしていたのとちょっと違って、澄んでいて、深く落ち着いていた。

「いま、新堂って言ったの？」

思わず聞き返してしまったが、百瀬亜子さんは「うん」と深刻な顔で頷《うなず》いた。

考えてみたら、新堂の席は空いていた気がした。

わたしが答えるのを待てずに彼女は、

「風邪?」

と言った。

「知らない」

それが正直な答えだった。最近、寝不足つづきのわたしには、担任の吉《よし》田《だ》先生のはやくて小さな喋《しゃべ》り声は、するすると後ろに流れていくだけだった。

「おとといの放課後、雨降ってたでしょ?」

そう言われて、わたしは自分がかなりうっかりしていたことに気がついた。

百瀬亜子さんはつづけてこう言った。

「新堂くんが三枝《さえぐさ》さんに、傘貸してたの見たから」

そうなのだ。確かにわたしはおととい、新堂から傘を借りた。

放課後、傘を忘れて困っていると、新堂に声をかけられた。

「おれまだ部活あって帰らないし、貸すよ」

そう言って彼は、スポーツバッグのなかからくしゃくしゃにとじられた青い折りたたみの傘を出してわたしに貸してくれたのだ。

わたしは自分が責められているような気持ちになって、彼女になんと言ったらいいのか分からなかった。

「別に変な意味で言ってるんじゃなくて……ただ休んでる理由が知りたかっただけなの」

彼女はそう言った。

「ごめん。新堂が休んだ理由、知ろうともしてなかった」

わたしがそう言うと、

「わたしに謝られても困るけど」

と彼女は言った。

「そうか、ごめん」

わたしはまた謝った。

百瀬亜子さんはただわたしをじっと見ていて、その目に攻撃的な感じはなかったけど、向き合ったまま黙っているのが気まずかった。

辺りの生徒も減ってきて、わたしも教室に戻りたかった。

「もう授業の鐘鳴るかも」と言おうとしたら、

「三枝さんって、どこらへんに住んでるの？　正門側、裏門側？」

と彼女が訊《き》いてきた。

「裏門側」

わたしは答えた。

「……一緒に帰らない？　今日」

「百瀬さんと？」

「うん」

わたしの警戒心が発動したけど、彼女の目には、それを超える強さの緊張が表れていた。

わたしたちは下駄箱《げたばこ》のところで待ち合わせをして、裏門を出ると、同じ方向に歩いた。

「もうすぐ水泳の授業始まるね」

と百瀬亜子さんが言ってきて、わたしは、「そうだね」と返事した。

水のなかにもぐることが頭をよぎったからか、呼吸が大きくなってしまった。

百瀬亜子さんはレモン色のスニーカーを履いていて、くつしたは水色で、歩く歩幅が小さかった。

それに合わせて歩いているからなのか、ふくれあがった緊迫感のせいなのか、わたしの足は、もつれた。

一緒に帰ろうと彼女が誘ってきたのは、きっとわたしのことが不愉快だから言いたい文句があるのだろうと予測できていたけれど、わたしは、ちゃんと話してみたかった。

「百瀬さんは泳ぐこと好きなの？　わたしは正直そうでもないの。だからいま、もうすぐその季節なのかぁ、って思ったらちょっと憂うつになっちゃった」

まずはそう言ってみよう。口を開きかけたところで、

「三枝さん、新堂くんの家どこにあるのか知ってる？」

と百瀬亜子さんが言った。

「知らない」

そう答えると、百瀬亜子さんは、「そっか……」と言って、そして笑った。

考えてみたら、あの日、新堂から傘を借りたけれど、まるで気を許した仲間のように「新堂」と「くん」も付けずにいつからか呼んでいたけれど、わたしは彼のことをほとんど知らなかった。

同じクラスなのに、下の名前も「しんすけ」だったか「だいすけ」だったか、正直なところ自信がなかったし、部活だって、なにをしているのか分からない。

あの日、雨は朝まで降りつづいた。彼は部活を終えたあと、雨のなかを濡《ぬ》れて帰ったのだ。わたしの代わりに。

昨日は誰も欠席者がなかったはずだ。だから彼は教室にいたはずなのに、わたしの昨日の記憶のなかに彼はいない。「ありがとう。濡れずに帰れて助かったよ」って、きちんとお礼を言って傘を返すべきだったのに。彼の青い折りたたみ傘は家の玄関に置きっぱなしになっていた。

裏門を出てから十五分ほど時間が経っていた。そこで百瀬亜子さんは立ち止まり、

「じゃあわたしこっちだから。またね」

と言った。

「うん、また」

「うん。また」

そうやって挨拶《あいさつ》を終えると、彼女は右に道を曲がった。

わたしはなぜか、しばらく彼女が歩いていくのを見ていた。意味は特になく、本当になんとなく、わたしはすぐに歩き出そうとはせずに彼女のゆ

っくりと小さくなっていく後ろ姿を見ていた。

しばらくすると百瀬亜子さんは振り返った。

わたしは戸惑いながらも、目が合ってしまったために小さく手を振った。

百瀬亜子さんもこちらに手を振ると、ふたたび前を向いて歩いていく。

そしてしばらくすると彼女はまた振り返った。しまった、もういつまでも見ていないでさっさと帰ればよかった、とわたしは後悔した。

今度は百瀬亜子さんも完全に足を止めてしまった。

わたしはもう一度手を振ったほうがいいのだろうかと悩みながら百瀬亜子さんを見ていた。すると、彼女がこちらに向かって走ってきた。

顔を赤くして、わたしのまえで立ち止まった。

「あのね……」

とても言いづらそうに彼女は、言った。

「わたし本当は家、正門側なの。こっちじゃないの」

「え？」

「本当は、新堂くんの家にお見舞いに行きたかったの……」

わたしは驚愕《きょうがく》した。

そして、とことん自分の鈍感さに恥ずかしくなった。

考えてみればとても簡単なことだったのに。彼女が、わたしが新堂から傘を借りていたことを気にしていたのも、風邪をひいたのではないかと心配しているのも、わたしの名前を把握していたことも、全部、新堂のことが特別に気になっているからではないか。

「どうしたの？　三枝さん顔が真っ赤」

俯《うつむ》いていた顔を上げた彼女がわたしにそう言った。

「百瀬さんもだよ、真っ赤」

わたしたちは顔をさらに赤くして、笑った。

百瀬亜子さんの無防備な笑顔は、とんでもなくかわいくてわたしの胸は、とくんと鳴った。

「じゃあ、また明日《あした》」

「うん、また明日」

友だちのように挨拶をして、わたしたちはやっと家路を進む。本来の方向へと道を戻っていく百瀬亜子さんの後ろ姿を見送りたかったけど、振り返るのはやめた。


翌日、学校に行くと、教室にはまだ冬馬くんだけだった。なんとなくはやく学校に到着してしまったけれど、恋をやめるという決心を撤回するつもりはまるでない。

「三枝さん、おはよう」

「おはよう」

通常どおり朝の挨拶を交わして、わたしは自分の席についた。

朝の時間が暇になったわたしは、今週末に提出しなければならない美術の課題を進めることにした。

わたしは細かく切った色とりどりの和紙を台紙に貼りつけて、このあいだ見た夢のなかのひとコマを描こうとしている。作業に集中してしまえば冬馬くんには全然目が行かなかった。

次に教室に入ってきたのは、新堂だった。

「新堂くん、おはよう」

冬馬くんがわたしにするのと同じように新堂に挨拶をした。

「水野《みずの》くん、おはよう」

新堂は冬馬くんにそう返すと、わたしを見た。

「ふたりとも、はやいね。こんな時間に部活でもなく来てるひといるんだ……」

「うん、おはよう。昨日お休みだったね」

と、わたしはさっそく本題に入った。

「ちょっと調子崩して」

「風邪？」

新堂はわたしの質問に答えないまま自分の席に座ったので、わたしは青い折りたたみ傘を持って新堂のところに行った。

「これ、ありがとう。この日、雨に濡《ぬ》れて風邪ひいた？」

わたしがそう訊《き》くと、新堂は一瞬わたしを見上げたけど、笑って顔を伏せた。そして教科書やノートを鞄《かばん》から机のなかに移しながら言った。

「そんなやわじゃないし。こんなのたまたまだよ」

新堂はあまりわたしと目を合わせようとしない。わたしに傘を貸したことをきっと後悔しているのだろう。

「ありがとう。おかげで濡れずに帰れたよ」

「うん」

新堂は傘を鞄にしまった。

「新堂ってさ、何部なの？」

「水泳部」

「へー、水泳部。すごいね」

「なにが？」

なにが、と言われても困るけど、泳ぐのが得意じゃないわたしは素直に感心したのだ。

「あのさ、昨日のノート写させてよ」

新堂が下を向いたまま、少し気怠《けだる》そうにして、そう言った。

「わかった」

わたしは素早く自分の席から、昨日の授業で使ったノートを全部持ってきて、渡した。

新堂はわたしのノートのなかを確認すると、意外そうな表情をわたしに向けた。そして、

「ちゃんとノートとってるんだ」

と言った。

「ん？　どういう意味？」

新堂は視線をノートに戻した。

「いや、しょっちゅうちがうところ見てるから、三枝さん、授業中。ノー

トとかとらないひとだ絶対、って思ってた」

「書くのが速いのわたし」

わたしのノートがめくられていくのを眺めながらそう答えて、もう一度新堂の顔を見た。

新堂はわたしを見ていて、目を合わせることができた。でもすぐにまた彼は下を向いた。

「正真正銘わたしのノートだよ」

わたしがそう言うと、新堂は、なんだか、くすぐったそうな感じの顔で笑った。

そして自分のノートを開くと、

「ありがとう。すぐ返す」

と言った。

新堂がわたしのノートを見ながら自分のノートに、すらすらと書き写していくのを、しばらく眺めていた。思いのほかフォルムの美しい魅惑的な字をしていた。

彼の開かれてないほうのノートの表紙に、新堂洋祐《ようすけ》と書かれてあるのが見えた。

ああ、「ようすけ」だったか、とわたしは心のなかで呟《つぶや》き、自分の席に戻った。

5

「ものすごく奇麗に泳ぐの。本当に奇麗なんだよ。それと、水からあがったときの呼吸する表情が好き」

放課後、わたしと亜子ちゃんは市営プールに向かっていた。学校内にある屋外のプールでは水温が低い時期には、地域の中学校が交代でその市営の屋内プールを使って練習を行なっているらしい。

「クロールだってバタフライだってなんでもかるがると泳いで、海に住む生物にしか見えないの。制服姿で陸にいるときのほうが、なんだか不自然に見えちゃうほど水のなかにいるのが似合ってるんだよ」

わたしの隣で亜子ちゃんは、ずっと新堂のことばかり話している。

「それなのにサボってばかりいるみたい。新堂くん今日はちゃんと部活に参加してくれてるといいんだけど」

新堂のことを話す亜子ちゃんの顔は、またいちだんとかわいい。この顔を向けられていれば、新堂はとっくに亜子ちゃんにイチコロだろうと思うのだけど、亜子ちゃんは「新堂くんは美々ちゃんのことが好きだから」って言う。

「美々ちゃんは新堂くんの気持ち、ほんとうに感じないの？　まったく？」

そう言われても、新堂がわたしを好きだなんて、そんなふうには、まったく感じられない。

冬馬くんが亜子ちゃんを見るときのような目を新堂はわたしに向けたりしないし、いつも素っ気ない態度だし。そんなの、たぶん亜子ちゃんの勘違いなのではないかと思う。

「美々ちゃん、もし新堂くんが好きって伝えてきたらどうする？」

不安そうに亜子ちゃんは、うつむいていた。

「あのね、亜子ちゃんに話したいことあるんだけど、聞いてくれる？」

亜子ちゃんがわたしを見た。

「わたしね、水野冬馬くんのことが好きだったの。もしかしたらいまも好きなのかもしれないけど、でももうこの気持ちはあきらめることにしたから、飛びだしてくるたびに潰《つぶ》しているところなの」

「そっか、美々ちゃんは水野くんのことが好きなんだ」

亜子ちゃんからあらためてそう言葉にされると、猛烈に恥ずかしくなった。

それに、やっぱり話すべきではなかった、とすぐに後悔した。わたしのなかだけで動いていた気持ちは、誰かが知ることで、とうとうカタチを持ってしまったように思えた。わたしが無視していればそのうち勝手に、痕《あと》も残らないで消失するものであったはずなのに。

「ちがうよ、だから好きだった、だよ。過去なんだってば」

わたしは強く否定した。歩くスピードが速くなっていた。

「どうしてやめちゃうの？　せっかくの特別な気持ちなのに」

亜子ちゃんは必死についてくる。

「亜子ちゃんは苦しくならないの？」

「なるよ。新堂、って名前を口に出すだけでも耳にするだけでも苦しくなる」

「わたしはそれがいやなの。苦しい気持ちを避けられるなら避けられるところに行きたいの。避けようのない苦しみとかってあるでしょう？　だけどこれは避けられる苦しみに思えるから、だいじょうぶ。だいたいさ、好きな気持ちってなんだろう。謎じゃない？　コントロール可能な気がするもん。もしコントロールできない思いがほんとうの、ちゃんと好きってものなんだとしたら、わたしはきっと冬馬くんのことちゃんと好きなわけじゃないと思うの。だから潰せる」

わたしは一気に話した。最近考えていたことだった。

「じゃあ美々ちゃんはいま、自分の気持ちに抗《あらが》っているところなんだね」

「抗う」という言葉に、わたしの心が敏感に反応した。

亜子ちゃんが足を止めたことに気づいてわたしも止まり、ふりかえった。

「美々ちゃんとわたし、入れ替われたらいいのにね」

亜子ちゃんの顔は真剣だった。

そんなことができたならほんとうにいいのに。冬馬くんの好きなひとになりたい。わたしは亜子ちゃんになりたい。そう思ってしまうわたしはまだ冬馬くんのことを、「好きだった」にはできていないみたいで苦しい。

亜子ちゃんがわたしのすごく近くまで来て、じっと見つめるから、わたしも亜子ちゃんの顔を改めてまじまじと見た。

「わたしたちは、どうちがうんだろう」

亜子ちゃんが言った。

亜子ちゃんの言うように、何がどうちがうのだろう。

冬馬くんはなぜわたしではなく亜子ちゃんなのだろう。

亜子ちゃんはなぜ冬馬くんではなく新堂なのだろう。

わたしはなぜ新堂ではなく冬馬くんなのだろう。

新堂はなぜ……。

「もしね、ほんとうにもし、亜子ちゃんの推理が当たっていてね、新堂がわたしのことを好きだったとするじゃない？」

「うん」

「だとするとわたし、はじめて恋をされた」

「わたしの推理、外さないよ」

凛々《りり》しい顔で亜子ちゃんは、まっすぐにわたしを見ていた。

亜子ちゃんを好きになった冬馬くんは、正しい。

亜子ちゃんを好きにならないとしたら、新堂は間違っている。

どうしてもそんなふうにしか考えられない自分がいた。

「体だけ交換しても、きっとダメなんだよね。中身がわたしだと、新堂くんの好きな美々ちゃんは、壊れちゃうんだろうな」

「壊れるっていうよりも、それっていまよりも魅力的なわたしになれそう……」

どちらからともなくわたしたちは、市営プールに向かってふたたび歩きはじめていた。

「わたしはいくら外見だけ亜子ちゃんになったところで、それこそ亜子ちゃんのかわいさをだいなしにしちゃうと思う。中身がわたしに変わった瞬間から冬馬くんの気持ちは離れていくと思う」

「美々ちゃんって、自分のかわいさ知らないの？」

亜子ちゃんは笑ってそう言った。

「美々ちゃんは本来、わたしの恋の邪魔者なんだよ。ふつうなら、うっとうしいって思ってるよ。だけどわたしこんなに仲良くなっちゃった。もしかしたら、新堂くんを好きと思う気持ちよりも美々ちゃんに対しての好きのほうが大きくなってるかもしれない。それって美々ちゃんがそれだけ魅力的ってことでしょ？」

わたしの胸から、どくどくとあたたかいものが流れ出してきた。

「美々ちゃんは、わたしのことうっとうしい？　もしそうなら、正直に言って」

「わたしだって亜子ちゃんのことが好き。うっとうしいなんて、かけらも思えない」

わたしたちはすでに、しっかりと友だちになってしまっていた。

「亜子ちゃん、冬馬くんに恋されてること知ってるんだね」

「うん。わたしのこと好きだって言ってくれたけど、でもそのときに、話した。わたしには好きなひとがいるって」

「冬馬くん、あんなにかっこいいのに……」

「美々ちゃんだって、いまから新堂くんのかっこいいところ見たらどうなるか分からないよ」

「それなのにわたしを連れていくの？」

「そんなの……」

そう言うと、亜子ちゃんの足がもう一度止まった。

市営プールは、もう、わたしたちの目の前だった。

「美々ちゃんが新堂くんのこと好きになっていく可能性を、全部阻止するなんて無理だもん。そういうのって、わたしがどうこう操作できるものではないよ。泳ぐ新堂くんを美々ちゃんに永遠に見せないようにすることなんてできないんだから。もうすぐ水泳の授業だって始まるんだよ」

「わたし新堂のこと好きになったりしないよ」

「そういうこと言わないで。好きになったたっていいの。だってほんとうにかっこいいんだから。美々ちゃんが新堂くんのこと好きになったたってわたし恨んだりしない。だって、新堂くんの恋が叶《かな》うってことだから」

亜子ちゃんはそう言うと、一緒に裏門から出て歩いたあの日の何倍も大きな歩幅で市営プールに向かっていった。

わたしは亜子ちゃんのことをどんどん好きになっていく。

わたしも、冬馬くんの恋が叶うことを喜べるようになりたいという思いが芽生えるのと同時に、亜子ちゃんの恋が叶ってほしいと強く思った。

だけどその両方が叶うことは不可能で、どちらかの恋が叶うということは、もう一方の恋が叶わないことを意味するのかと思うと、なんだか自分の気持ちをどこにどう片づけたらいいのか分からなくて、わたしはプールに飛び込みたくなった。

だけど、そのプールにはクロールをする新堂の姿があって、中途半端に入ってはならない神聖な世界がそこには広がっているような気がした。

わたしは亜子ちゃんと、ひたすら泳ぎつづける新堂をただ静かに目で追った。


「なにしてんの、すごい真剣な顔して」

ママが覗《のぞ》き込んできた。

わたしは、実物大サイズで何枚か印刷した自分の顔と亜子ちゃんの顔の写真を並べて、研究の真っ最中だった。

「また不思議なことやってるね」

と言うママに、わたしは訊《き》いた。

「この子、亜子ちゃんっていうんだけど、わたしと、どうちがう？」

「どうちがうって、そんなの何もかもちがうでしょ」

「知ってる。そりゃあ亜子ちゃんのほうが何もかも、かわいいこと……」

わたしがそう言うと、ママは、

「そういうことじゃない。みんなそれぞれにちがうの。個性なの。個性って大事だよ」

と言った。

「なに、美々、その子の顔が羨《うらや》ましいの？」

「うん。けどね、それだけじゃないの、性格も声も全部がかわいいんだもん。まるごとすごく羨ましい」

「まあ、そういうふうに誰かに憧《あこが》れるのとか分かるけどさ、それ、その亜子ちゃんに伝えてごらん。仲良いんでしょ？」

「うん、仲良し」

「だったらきっと亜子ちゃんだって美々のかわいいところ知ってるはずだよね」

「なんかね、お互いにお互いを羨ましいって思ってるみたい」

「なにそれ、いいじゃん。認め合ってんだ。ねえ今度うちに連れて来なよ。わたしも会いたい」

「わかった」

おふろからあがった莉子ちゃんが、わたしの顔写真の目に上から猫のような亜子ちゃんの目を貼りつけたものを見て、

「なにこれ」

と言った。

「こっち、美々の友だちだって。亜子ちゃん」

ママは、亜子ちゃんの顔写真に目尻《めじり》の少し下がったわたしの目を貼ったものを指さした。

「お面つくってるの？」

「ああ、せっかくだからお面にして亜子ちゃんが来たときにあげようっと」

莉子ちゃんに言われて、ときめいた。

「っていうかさ、どちらかというと福笑いだよね、これは」

「ああ、じゃあ福笑いにして遊ぼうっと」

ママに言われた福笑いへのときめきのほうが大きかったので、そっちに決めた。

「わたしと詩織さんの顔も交ぜてよ」

と莉子ちゃんが言った。

「お、いいねぇ」

とママも言った。

「わかった。さっそく準備する」

わたしはクローゼットに走り、集中するときにいつも装着している必須《ひっす》アイテムを手に取った。

もとは確かママに届いたメロンが入っていた箱だったと思うのだけど、それに折り紙のオーソドックスな赤とメタリックの赤、二色を小さく切ってモザイクのように全面を覆い、側面にはエレベーターにあるような「開く」のマークのボタンをつけたお手製の箱型ヘルメットで、通称、「赤い箱」。

「美々が赤い箱をかぶっているときは、そっと見守って応援する」が家族のなかで暗黙のルール。

なぜかこれをかぶると、わたしはいつもより賢くなるのだった。「開く」

のボタンは、要するに、眠くなったときに押すためにある。

わたしは福笑いをするために、みんなの顔写真からパーツを切り取ったり、顔の中身をごっそり抜き取って輪郭だけにしたりしながら考えていた。自分と亜子ちゃんを比べては、自分のことを否定して亜子ちゃんを羨んだり、湧いてくる冬馬くんへの好きって気持ちを潰《つぶ》そうとすること、最近はそんなことにエネルギーをたくさん使いすぎていたみたいだ。わたしはとても疲れていることに気がついた。

抗《あらが》う、なのだ、これは。

「僕はね美々、抗わずに生きてきたんだ。だけど、抗うことも大切だって知ったんだ」

未山くんは、よく歩くひとだった。わたしも未山くんといるとたくさん歩いた。休憩する場所がいくつか決まっていて、なかでもわたしのお気に入りは、あたりを田んぼに囲まれたY字路の真ん中。

「三角のところ」

わたしはそう呼んでいた。

そこに生えている木のしたで、わたしは寝そべる未山くんに体を預けて休息しながら、たくさんの話を聞いた。

未山くんがそんなことをぽつりと言ったのも、たしか、その場所だった。

「アラガウ？」

「うん。抗う」

わたしは、いつものように、その言葉の意味を教えてもらえるのを待っていた。

「僕はずっとこのままここに居たい」

そっと静かな声だった。周りには誰もいなくて、わたしたちふたりだけなのに、まるで内緒話をしているような気持ちになった。

「この木のしたに居たいの？」

声をひそめてそう訊《き》くと、未山くんは笑って、「そうだね」と言った。

わたしは、未山くんの体にぎゅっと強く抱きついて言った。

「美々も一緒にここに居る」と。

小学生になったわたしが、国語辞典を手に入れてはじめて調べた言葉が、この〝抗う〟だった。

そしてわたしは、未山くんは自分がここに長くは居られないことをはじめから分かっていたのではないか、と思った。ここ、というのはつまり、わたしたちが生きているこの世界に。隣に並ぶことのできる距離のなかに。

すべてはわたしの未熟な第六感にすぎないけれど、そう思う。

未山くんが消えてしまったことを、誰も、すぐに気づくことができなかった。未山くんは毎日わたしたちの家で過ごしているわけではなかったから。莉子ちゃんが一緒に暮らすようになってからも未山くんは変わらず、頻繁にひとりで自分のあの小屋に帰っているようだった。

ママはあたりまえのようにそれを受け入れていたし、わたしも、少しは淋《さび》しく思っていたけれど、未山くんが自分の家を持ち、そこへ帰っていくことに対して、それを普通のことだと受けとめていた。

いつまで経っても未山くんがうちに来なくて、さすがにおかしいと心配したママが未山くんの小屋を訪ねると、そこに未山くんはいなくて、

「まったく知らない男のひとが暮らしてた」

と帰ってきたママがわたしたちに魂の抜けたような顔で言った。

それからママとわたしと莉子ちゃんで思い当たるところを捜してもどこにも居なくて、未山くんを知るひとみんなで捜しても、未山くんは見つからなかった。

莉子ちゃんは、高校時代に未山くんが父親と住んでいた東京の家にも行ったけど、その家にはすでに別の家族が住んでいて、近所や未山くんが通っていた高校に尋ねてみても、未山くんの父親の行方さえ分からなかった。もう、警察に行方不明者届を出すこと以外、他になす術《すべ》がなかった。

そしてわたしたちは、なぜか未山くんの写真を一枚も撮っていなかったことに気がついた。

わたしたちに残ったのは、未山くんとの美しい思い出と、莉子ちゃんが描いた未山くんの肖像画だった。

未山くんが居なくなったことにみんなが気づくまえ、わたしは夢のなかで未山くんを見た。

未山くんはものすごく大きな体をした牛と一緒にいた。そこは、わたしの知らない、見たことのない場所で、まるで、宙に浮いたような変なところだった。

空がすごく青かった。

牛の体があまりにも大きかったから未山くんがよく見えない。わたしは未山くんのところに行こうとして、そしたら、その牛がこっちに来た。

よけようとするけれど体が動かない。

牛は、わたしの横を通り過ぎてどこかへ行ってしまった。

未山くんの姿がなくて、わたしは未山くんが居たはずのところに行った。その先に、道がなかった。ただ青い空だけが広がっていた。上を見ても、下を見ても、青かった。自分がどこに立っているのか分からなくなって、そのあまりの怖さに目を覚まして、夢のことをもう一度思った。そしたら、その大きな牛は、以前わたしが描いた絵のなかから飛び出したクレヨンの牛だったような気がしてきて、なぜかそう思えて、いそいでその絵を捜したけど、見つけることができなかった。

このことは、誰にも話していない。きっとこれからも誰にも話さない。

未山くんは、よく不思議な存在を連れていた。

「美々も昔は霊的なもの見てたよね。よく、未山くんがくっつけてる霊のこと、〝未山くんの友だち〟って言ってたもんね」

ママは病院で、仕事仲間や患者さんが超常現象を体験するたびに、わたしたちにもそれを事細かに報告してくるのだけれど、そんなとき、二言目には必ずこう言う。

わたしは、未山くんのそばにいるそういう不思議な存在をどう表現したらいいのか分からずに、それを〝友だち〟と言葉にしていただけだろう。

ママには見えていないことも分かっていて、この世界には、人によってはみえない生命体がそこらじゅうに存在していて、地球大図鑑にのっているものがすべてではなく、名前のつかないものがまだまだあるのだと、漠然と受け入れていた。

ときどきわたしの頭によぎるのは、未山くんはそちら側に近い存在だったのかもしれないということ。

みんなのまえから未山くんが消えてからも、わたしには未山くんが見えていた。

だけど突然わたしにも見えなくなった。部屋じゅうを捜すようなことをしなくても、彼がここから居なくなってしまったことをはっきりと感じた。

それ以来わたしには、現実的なことしか見えなくなった。

未山くんの存在をそんなふうに疑うのは、子どもじみたおかしな考えだ。わかっている。だけどいまも拭《ぬぐ》えない。

未山くんは引き寄せる。それは不思議な存在だけじゃない。未山くんの頭上を鳥たちが旋回していたことが何度もあった。そうやって人間や動物の魂も引き寄せた。

だから、わたしの心にときどき訪れるわずかに引っぱられているような感触は、未山くんがどこかに存在している証《あかし》ではないのか。

その感触は、鼓動ではない、痛みでもない、心の深いところを撫《な》でられているようなあの心地よさは、わたしがただそう信じたいだけで起こしている錯覚だとは思えない……

こうやって未山くんについて考えだすと、最近いつも頭に浮かんでくるひとがいる。

清水《しみず》くんだ。

いつのまにか未山くんのすみかだった小屋で暮らしていた謎の男、それが清水くん。

彼とは、迷子になった聡をうちに連れてきてくれたことで交流が始まった。

歳や身長の感じが未山くんと近くて、そしてやはり彼も村じゅうをとにかくたくさん歩くひとだった。

そのせいか、うちの家族は、ことあるごとに清水くんを構おうとする。お正月などに帰る家はないと聞いてからは特になにかと気にかけている。

ママなんかはもともと世話好きだから自然な流れという気もするけれど、

あんなに寡黙な莉子ちゃんも清水くんとは結構しゃべる。

聡は清水くんのことを慕っていて、自分の兄だとでも思っているようだ。

未山くんの不在を清水くんで補おうとしているわけではない。

みんなきっと、そんなことを心のなかで言い訳しながら彼と接している。

適度な距離を保ちながら、彼のことを大切にしている。

わたしは清水くんに、どう接したらいいのか、いつも分からない。

清水くんもいつかきっとここから居なくなる。

あるとき突然、彼の隣にいるものが見えてしまった。わたしにはもう、そういうものが見えなくなったはずだったのに。

わたしは、早朝の道を学校に向かって歩いていた。

その道はよく未山くんと歩いた道だったからなのかもしれないけど、あの心地よさに引っぱられている感触が心に訪れてわたしは立ち止まり、ふと横を向くと、一本奥の道を誰かが歩いているのが見えた。清水くんだった。彼は、隣に不思議な存在を連れていた。よく見るとそれは、清水くんそのものだった。

わたしは混乱した。

清水くんの隣に清水くんがいるのだ。双子のように。

わたしは他に誰もいないなかで彼を見かけたのは、そのときが初めてだった。未山くんの隣に不思議な存在が見えていたときも、いつもそこにママや他のひとはいなくて、わたしたちだけだったことを思い出していた。

彼は立ち止まり、わたしを見た。

わたしはどうするべきか悩んだけど、彼に向かって手を振った。

彼はわたしに手を振り返した。隣の清水くんは突っ立ったままだった。

この現象の意味についてわたしは考えた。

清水くんにはチャックとかがあって、なかには未山くんが入っているのではないか、と。

抗《あらが》うことをしたかった未山くんは、ここに居ることはできなかったけど、真実を明かさずに別の姿としてならば、わたしたちのまえに現れることを許されたのではないか、と。

でも、もしも本当にそうならば、わたしはこのことに気づいてはいけなかった。真実にたどり着いてしまったわたしのせいで、今度こそ未山くんは消えてしまうことになる。だからわたしは、この考えが閃《ひらめ》いたとき、大きく、「まさか！」と声に出した。

「わたしは気づいてなどいない。そんなことも考えたりもしたけれど、まさかそんなわけがない」と、その考えを笑って蹴散《けち》らして、どこの誰かも分からない相手に主張した。

わたしの考察は、何もかも、本当に子どもじみていると思う。そうだったらいいのになという想像をこうやって幾度も広げて、自分のなかにある喪失感をなぐさめているだけだ。

6

冬馬くんは、亜子ちゃんが他のひとを想っていることを知っているのに、いまだにあの表情で話しかけているのを見かける。

その場からすぐに立ち去るようにしていても、わたしのなかで残像が勝手に動きつづける。

そもそも亜子ちゃんと冬馬くんは、どこで接点があったのか、冬馬くんがひとめぼれして積極的に話しかけたのかもしれないし、小学校が同じでクラスメイトだったのかもしれないし、実はもっとまえからの幼なじみとか、習いごとなんかで一緒だったとか、予想だけはいろいろと並べてみている。

亜子ちゃんと会話していれば、そのうちそのなかに答えやヒントでも出てくるかな、と思っているけど、ほとんど亜子ちゃんは新堂のことばかり話していて、冬馬くんは登場しない。

わたしも、好きだったのは過去のこと、と言った手前、冬馬くんにまだ興味を持っていると思われそうなことは、ちょっと質問しづらかった。

「三枝さん、百瀬さんと仲いいんだね」

今朝、冬馬くんがわたしの席にふりかえって言った。

「ああ、うん。そうだよ」

そう答えたとき、わたしはたぶんまた冬馬くんに不細工な顔を見せたと思う。

そのとき教室には、わたしと冬馬くんの他に新堂がいた。新堂は、あれから毎朝はやく来るようになって、何をしているかというと、自分の席で、机に頭をのせて寝ている。

寝ているとはいえ、なんとなく新堂のいるところで亜子ちゃんの話を冬馬くんとするのは、緊張した。

万が一、新堂に会話を聞かれて、冬馬くんと亜子ちゃんが付き合っているというような誤解を生んでしまったりでもしたら大変だから。

誤解を生まなかったとしても、万が一、冬馬くんの想いが分かってしまうような発言が飛び出したりでもしたら、それもダメなのだ。

クラスメイトがそんなにも強い恋心を抱いているのなら、自分は遠慮するべきだと恋愛対象の視野に入れないようにしてしまうかもしれないから。わたしの立場としてはこれ以上、亜子ちゃんの恋路を荒らすわけにはいかないのだ。だから危険な発言が出た場合、すばやく軌道修正するつもりで頭のエンジンをぶんぶんかけたら顔まで意識がいかなかったから、絶対に不細工になってた。

もしあそこに新堂がいなかったら、もっとちがっていたのに。わたしはもっと自分に集中できたはずで、「うん、仲いいけど、それがどうかしたの？」って訊《き》けただろうし、「冬馬くんも亜子ちゃんと仲良し？」と言えたら、彼の心をもっと知ることができた。表情だってあんなことにはならずに、少しは可愛さを忍ばせることができた。

冬馬くんは、警戒の態勢で待つわたしのことを、さらになにか言おうとしている感じで見ていたけど、結局なにも言わずに、小さく二回うなずくと、まえを向いてしまった。

そんなことでわたしは朝から、ぐったりだった。

だから体育の授業をさぼって保健室で休息をとることにした。

ベッドで横になっていると、他にも誰か生徒が入ってきて、せっかくひとりでリラックスできていたのにがっかりだなあと思って、仕切りのカーテンから隣のベッドを覗《のぞ》いた。そしたら、寝かされたのは亜子ちゃんだった。

わたしに気づいた亜子ちゃんは、口のまえで人差し指を立てた。

保健室のフミ子《こ》先生に体温を測られると、亜子ちゃんはわたし同様、熱がなかった。フミ子先生は亜子ちゃんにも、さっきわたしに言ったのとまるっきり同じことを言った。

「とりあえず休んでみて、次の授業までに体調がよくならないようなら親御さんに連絡しましょう」

そして窓の近くに置かれた机にまっすぐ戻っていった。

フミ子先生はAIなのではないかと、生徒たちのなかで学園七不思議のようにして噂されているけれど、冗談だと分かっていても、言動があまりにもパターン化されすぎているので、やっぱりどこか怪しい。

そんなことを思っていたら、仕切りのカーテンの切れ目から亜子ちゃんの白くて細長い腕がこちらに伸びてきた。その様子が、まるで植物が芽を出して成長していくみたいに見えて、わたしは観察の気分でしばらく眺めてしまった。

すると亜子ちゃんは、指先の小さな紙片を揺らした。風にそよいでいるようだった。

花を摘むように受け取って、開くと、小さな字で、

〝どうしたの？　どこか痛い？〟

と書かれてあった。

なんだか甘えたくなって、痛いと答えてしまいそうになったけど、わたしはその紙片の裏に、

〝サボっちゃった　亜子ちゃんはどうしたの？〟

と書いた。紙のサイズに収めるために書いた字は、わたし史上、もっとも小さい。

それを、同じように腕を伸ばして渡すと、しばらくして戻ってきたのは紙片ではなくメモ帳まるごとだった。そこには〝だいじょうぶ？　まどから校庭見てたら美々ちゃんいないから　もしかしてと思って授業ぬけだしちゃった〟

と書かれてあって、わたしはその下に、

〝全然だいじょうぶ！　亜子ちゃん新堂のダンス見なくてよかったの？〟

と返事をしたのだけれど、亜子ちゃんから戻ってきた答えが、

〝いいの　だってあまり……　わかるでしょ？〟

だったので、わたしは思わず吹き出しそうになってしまった。新堂のダンスは、恋のフィルターを通しても見られたものではないのだ。あんなに水のなかではきれいに体を動かして泳ぐくせにダンスはちっとも上達しない。大きな背中も縮こまる。

亜子ちゃんが言っていたように、陸よりも水のなかが似合う、不思議なひとだ。

〝今度の日曜日　他に約束なければ　うちにおとまり来ない？〟

そう書いてメモ帳を戻したら、亜子ちゃんは仕切りのカーテンを開けて、わたしに満面の笑みを見せると、いっぱい頷《うなず》いた。

一時間目の授業が終わる鐘が鳴ると、わたしたちはふとんを飛び出し、フミ子先生に、

「充電できたので次の授業は出ます」と伝えて保健室を出た。

日曜日、約束の時間に家の外で待っていると、亜子ちゃんは葡萄《ぶどう》を持って現れた。

夜勤明けのママはまだ二階で寝ていたので、わたしと莉子ちゃんで出迎えた。聡は早朝から張りきって学校の友だちと清水くんの三人で魚釣りに出かけてしまい留守だった。

「莉子ちゃんです」

わたしは亜子ちゃんに莉子ちゃんを紹介した。

「百瀬亜子と申します。母がお世話になりますと申しておりました。今日

はよろしくお願いします」

亜子ちゃんが莉子ちゃんに挨拶《あいさつ》をすると、

「美々がいつもお世話になってます」

莉子ちゃんは、少し照れくさそうにして、そう言った。

あっちゃんが現れて、さっそく亜子ちゃんの脚にすり寄った。

「亜子ちゃん、猫平気？」

「大好き！　触ってもいいの？」

「触られるのが好きな子だから喜ぶよ。子と言ってもおじいちゃんだけどさ」

亜子ちゃんは、あっちゃんの背中をそっと撫《な》でた。

「かわいい」

「かわいいって。あっちゃんよかったね」

「あっちゃんって言うの？　わたしと同じだね」

亜子ちゃんはあっちゃんにそう話しかけて、もう一度背中を撫でた。あっちゃんは亜子ちゃんに撫でられてとても満足そうな表情を浮かべていた。もんちゃんのほうは、まだどこかに姿を隠して亜子ちゃんを窺っていた。

「遠かったでしょ」

三人で葡萄を食べていたら、起きてきたママがそう言って、大きなあくびをした。

「自転車で来たからそんなにかかりませんでした」

いきなり話しかけられた亜子ちゃんは少し緊張した様子でそう答えた。

「ママ、亜子ちゃんから葡萄もらったの。おいし……」

「えー、うれしい」

わたしは「おいしいよ、食べる?」と言おうとしていたけど、ママはすでに歓喜の声を上げていて、葡萄を摘《つま》んだ。

寝起きの目が、パッとまるく開いた。

「おいしい！　ありがとう。朝から口のなかが幸せで今日はいい日になりそう」

ママは満面の笑みを亜子ちゃんに向けてお礼を言った。

「百瀬亜子と申します。母がお世話になりますと申しておりました。今日はよろしくお願いします」

亜子ちゃんの丁寧な挨拶に感心したママの目は、ふたたびパッとまるく開いていた。

「美々、いい友だち増えて良かったね」

わたしにママはそう言うと、亜子ちゃんに、

「たいしたおもてなしできないけど、自由にやっていいから楽しんでいっ

てね」

と言った。

実物大サイズにプリントした顔写真を厚紙に貼り、各パーツに切り分けた福笑いは、完成度の高さも好評で大いに盛り上がったので、こだわり抜いて作った甲斐《かい》があった。

ルールは、パーツを全部外してある自分の顔面の上に、床いっぱい交ぜ広げられたわたしたちのパーツをひとつずつ手さぐりで選び取って載せていく、というもの。

視界をふさぐために装着するゴーグルも、もちろん手作り。ハンカチを巻くのでも済むことだったけど、とことん本気になっていたわたしは、ゴーグルのような立体的なものを作って、あっちゃんの目を貼った。

つまり、床に触れながらパーツを選んでいるあいだ、みんなの目は、一時的に猫の目になる仕組みとなる。

もんちゃんバージョンも作ろうかと思っていたが、あっちゃんのゴーグルが完成したところで、赤い箱の「開く」のボタンが効かないほど眠たくなってしまって、仮眠のつもりが、起きたら学校へ行く時間になっていた。

福笑いで遊んだあとは、完成させたものをお面にして、みんなで写真を撮った。

わたしが完成させたお面は、右の目にママの左目、左の目が莉子ちゃんの左目で、唇も莉子ちゃんのもの。鼻は亜子ちゃんのものだった。自分のパーツが入っているのだから当然とばかりに、みんなの評価は高く、なかなかの美人と、一番人気だったが、その顔にはわたしのパーツがひとつも入ってなかったから、そうやって褒められても、かなり微妙な気分だった。

だけど、そのような気分になるということは、わたしは本来の自分の顔を実は本気で気に入っていないわけではないのでは……と感じて、それは新たな発見だった。

結果としてこの福笑いは、作ったことでも、遊んだことでも、わたしに重要ないくつかの発見をもたらしてくれたのだった。

亜子ちゃんの完成させた顔は、右の目も左の目も唇もわたしのもので、といっても、唇は逆さま。そして、鼻はママのもの。それって、ほとんどわたしになりそうなのに、輪郭は亜子ちゃん本人のものだし、パーツの置かれたバランスがわたしより全体的に少し離れているのか、それはまた、新しい誰かの顔だった。

福笑いを終える頃になると、亜子ちゃんへの警戒心が取れたのか、もんちゃんが近づいてきて、それ以来、亜子ちゃんにピタリと自分の体をくっつけ、やたらとべったり。撫でられるたびにのどを鳴らして心地よさそうにしていた。

聡も帰ってきて、晩ごはんはサーモンとレモンが入ったクリームパスタをみんなで食べた。

亜子ちゃんの好きな食べものがサーモンとのことで、莉子ちゃんがサーモンを使ったレシピを見つけて作ってくれた。これもまた、「おいしい」と認定されたので、これからしばらくは続けて食べることになるのだろう。

聡はニジマスとイワナを合わせて三匹釣ったそうだが、全部清水くんにあげてしまったらしい。

清水くんがあの小屋で魚を食べているところをわたしは想像したつもりでいたけれど、そこにいたのは未山くんだった。

7

「お泊まり会の夜ともなれば、つもる話もあるでしょう」

そう言ってママは二階の寝室をわたしたちに譲ってくれた。

「こっちは莉子ちゃんとリビングにおふとん敷いてパジャマ飲み会するんだ」

ママは、うきうきした様子でふとんを抱いて寝室を出ていった。

「美々ちゃんのお母さん、かわいいひとだね」

一階から、さっそくママの大きな笑い声が聞こえた。

「うん、そうだね、ちょっとうるさすぎないかなって思うときもあるけど
……さっきのごはんのときもママずっと喋《しゃべ》ってたから、大変だったでしょ、

ごめんね」

「ううん。たくさん話せてたのしかった」

わたしと枕を並べて亜子ちゃんがいる。わたしはママのようにあんなに素直な感じで態度に出せないけれど、きっとうきうきはママ以上で、このまま眠らずにずっと喋っていたかった。

一階から、今度はママの「乾杯！」という声が聞こえてきた。聡から文句が出そうなところだけど、彼は疲れきって眠りの奥深くに沈んでいるようだ。

「今夜、ずっとうるさいかも。ママの声で眠れなかったら遠慮せずすぐに言って、わたし注意しにいくから」

わたしがそう言うと、亜子ちゃんは手にしていたグラスを、注いで置いたままになっていたわたしのグラスにあてた。麦茶と氷の入ったグラスは奇麗な音を響かせてわたしたちを包んだ。

「乾杯。わたしたちも、たのしもう」

そう言って亜子ちゃんは笑った。

「うん！　乾杯」

今度はわたしがグラスを持って、亜子ちゃんの手の中のグラスにあてた。力が強かったのか、亜子ちゃんの鳴らしたように気持ちのいい音は出なかった。

「美々ちゃんがいつも首につけてるの、ネックレス？」

亜子ちゃんに訊《き》かれて、わたしは自分の首にさげている橙色《だいだいいろ》の紐《ひも》をパジャマから引き出した。そして、その紐に通してあるものを亜子ちゃんの方に向けた。

「これ、小さい頃につけてた指輪なの」

「小さい頃に指輪つけてたの？」

「うん。ママと、わたしと、それと、わたしがパパみたいに思ってたひとと三人でつけてたの。御守りなんだ」

金の、とてもとても細い指輪で、三人で町に出て買い物をしていた時にわたしが見つけて、ねだったのだ。幼い指に合うものは売っていなくて、サイズを測って作ってもらった特別なもの。

最初のうちは右のひとさし指に、成長と共につける指を移動させていって、とうとう小指にも入らなくなってしまったけど、今でもこうして大事に身につけている。

みんなでお揃いなのがうれしかった。三人とも、それぞれに好きなところにつけていて、ママは足の指に、未山くんは……たしか、中指だっけ。

「莉子さんって、美々ちゃんのお姉さん？」

亜子ちゃんがそう言った。

「そうだよ。血がつながってるわけじゃないんだけどね。ついでに言うと聡は莉子ちゃんの子どもだけど、わたしの弟なんだ。亜子ちゃんのところは何人家族なの？」

「うちは四人。お父さんとお母さんとお姉ちゃんがいる」

「亜子ちゃんもお姉ちゃんいるのか」

「うん。水野くんと知り合いになったのも、実は、お姉ちゃんが関係してるの」

麦茶のグラスの水滴を亜子ちゃんは小指の先で集めていた。

「これから話すことは、内緒にしてくれる？」

亜子ちゃんにそう言われて、わたしはどきどきしながら強くうなずいた。

「誰にも言わない」

わたしがそう約束すると亜子ちゃんは、冬馬くんと知り合いになった経緯を話してくれた。

「わたしのお姉ちゃんには秘密の恋人がいてね、それが水野くんのお兄さんなの」

冬馬くんの家は、伝統ある茶道のお家らしいのだけれど、亜子ちゃんの家は老舗《しにせ》の呉服屋さんで、亜子ちゃんのおじいちゃんと冬馬くんのおじいちゃんが、昔、かなり激しめの喧嘩《けんか》をしたとかで、それ以来、「絶対の不仲」と言われ、高校一年生の亜子ちゃんのお姉ちゃんと高校二年生の冬馬くんのお兄ちゃんは、まさかのロミオとジュリエット状態だった。

ふたりが手をつないで歩いているのが目撃されて、それが両家の耳に入り、亜子ちゃんのお姉ちゃんも冬馬くんのお兄ちゃんも、強く叱られたのだそうだ。だけどふたりは別れたふりをしているだけで、本当はいまも誰にも見られないようにして会っている。

そのデートのカモフラージュに連れ出されているのが亜子ちゃんと冬馬くんなのだ。

「オウセ、っていうんだって。そういう秘密のデートのこと」

「へー。オウセ」

亜子ちゃんは、ふたりの恋を真剣に応援している。冬馬くんも。

そしてそのうちに冬馬くんは自分も恋をしてしまったのだ、亜子ちゃんに。

ひょっとしたらこの先、ロミオとジュリエットが二セットになるのかもしれないのだなあ、とわたしは思った。

「今度、お姉ちゃんたちのデートのときに美々ちゃんも来ない？」

「オウセなのに、いいの？」

「だってね、ふたりがデートしているあいだは、わたしと水野くんは邪魔にならないように離れたところで時間をつぶすんだけど、わたしたちの会話って、そんなに盛り上がらないから……。それに、美々ちゃんはわたしの特別な友だちだもん。分かってもらう。それで、美々ちゃんとわたしと水野くんで、秘密の仲間になろう」

「特別な友だち」や「秘密の仲間」という言葉に、胸がじんじんした。

「亜子ちゃん、気持ち悪いこと言ってもいい？」

「え、気持ち悪いこと？……いいよ」

「やっぱりやめておく……」

「なに？　言って」

「わたしね、亜子ちゃんのそういうちょこちょこわたしに言ってくれる言葉が、胸に直撃しちゃって、ちょっと亜子ちゃん中毒みたいになってるみたいなの。亜子ちゃん中毒者……気持ち悪いこと言ってごめん」

亜子ちゃんは、五秒ほどの沈黙の後、笑った。

「全然気持ち悪くないんだけど、なんか照れる……。わたしなんて、思ってることただ口に出してるだけなのに」

わたしたちは照れ笑いしながら、ふたりとも麦茶をぐびぐび飲んだ。

「あのさ、亜子ちゃんもわたしたちの朝の教室に来ない？　朝が苦手じゃなかったらだけど」

「朝の教室？」

「冬馬くんって……たまに亜子ちゃんも朝はやく来て冬馬くんと話してるから知ってるかもしれないんだけど、なぜかいつだって、ものすごいはやい時間から教室にいるの」

「まえに水野くん、自分は出来が悪いからお兄さんより劣っているところが目につかないように、親たちと過ごす時間をいかに短くできるか考えて生活してるって言ってた。水野くんの家、おじいちゃんだけじゃなくて、お父さんもお母さんもみんな、すごく厳しいんだって」

「じゃあそれが理由かなあ……」

「そうかもしれない。たしかにわたし、お姉ちゃんたちのことで作戦会議をしたいって言われて朝はやく呼び出されたりすることあるけど、でも……毎日そんなにはやく来てるのは知らなかったな」

「わたしたまたまはやく学校に行った日に、誰もいない教室で冬馬くんと話せる時間過ごせたのがうれしくて、それから毎日わたしもはやく行くの習慣になっちゃったの。わたし、もともと小さいときから家族のなかでも一番に起きるんだけど、好きなんだ、朝の時間。自分だけが世界を独占できてる気分になる感じが。だから、冬馬くんへの好きをやめても、家をはやく出るのが当たり前みたいになっちゃったから……」

わたしの話を亜子ちゃんは黙って聞いてくれていた。

「とにかくね、それで、朝の教室をふたりで過ごしていたわけだけど、最近は新堂もはやく来るようになったんだよ」

「え、新堂くんも？」

「そうなの。ほとんど会話もせずに三人それぞれに過ごしてるだけなんだけど。だから、亜子ちゃんも、もし、朝が苦手じゃなかったら、わたしの教室に遊びに来れば四人で過ごせるなって思って。明日、はやく行ってみない？」

「行く。わたし寝るのが好きだから朝は苦手だけど、新堂くんがいるなら行きたい」

「うん、きっとたのしくなるね」

未山くんからの影響を強く受けていたわたしは常日頃、徒歩派を貫いていたけれど、亜子ちゃんに合わせて久しぶりに自転車に乗って、登校した。いつもどおりの時間に出発したので、普段よりもさらにはやい到着となったのに、それでも冬馬くんは教室にいた。自分のクラスじゃない教室にはやっぱり少し入りにくそうだった亜子ちゃんの手を握ってわたしは中に入った。

冬馬くんは、驚いていた。

「冬馬くんおはよう」

わたしにつづいて亜子ちゃんも冬馬くんに「おはよう」と挨拶《あいさつ》をした。

わたしは亜子ちゃんを自分の席に連れていくと、どうせいつもぎりぎりにならないと来ない隣の野間口《のまぐち》くんの席に座らせた。

冬馬くんが振り返って亜子ちゃんを見ていた。

「一緒に来たの？」

冬馬くんはたぶん、わたしではなく亜子ちゃんに尋ねたのだけれど、亜子ちゃんはわたしに顔を向けたので、わたしが答えた。

「そう一緒に来たの。昨日は、うちでおとまりだったから」

「おとまり？　ほんと仲いいね」

わたしと亜子ちゃんは顔を見合わせて笑った。

「三枝さん、来るのいつもよりはやいよね」

「今日は自転車で来たから。冬馬くんもさすがにまだ来てないかと思ったのに、はやいんだね。いつもなん時に来てるの？」

ふたりきりだと緊張してほとんど話せなかったけど、亜子ちゃんが隣にいてくれたから、わたしはまえから気になっていたことを訊《き》くことができた。

「おれ、夜ごはん食べたらすぐにおふろ入って寝ちゃうから、まだ暗いうちに目が覚めちゃうんだよね。だから宿題とかテストの勉強とかも学校来てからやってる」

「ほんとうに？」

思わずわたしはそう訊いてしまった。だって、朝の冬馬くんの机の上にはいつだって何も載っていないから。

「え？　うん、ほんとう」

冬馬くんはそう答えた。つづいて冬馬くんが亜子ちゃんに言った。

「亜子、話したいことあるから昼休みいいかな」

わたしは椅子ごと、ひっくり返りそうになった。

わたしにこのまえ「仲いいんだね」と訊いてきたときには、たしか、「百瀬さん」と言っていたと思うのだけど、「亜子」と呼んだ。

冬馬くんがそうやって女の子をしたの名前で呼びすてにするのをこれま

で聞いたことがなかったし、ふたりが話しているところ、姿は見ていたけれど、音声付きでは初めてだったので、刺激が強かった。遠目に見ていたときに想像していたものと、違っていた。

「お姉ちゃんたちのことだったら、いま話せるよ」

亜子ちゃんにそう言われて冬馬くんはわたしを見た。

「昨日、美々ちゃんには特別に話したから。お姉ちゃんたちのオウセのこと」

「ああ……」

冬馬くんは残念がっている、わたしには、そう見えた。きっとこのことを冬馬くんは、亜子ちゃんとふたりだけで共有していたかったのだろう。わたしは、なんだか申し訳なさを感じていた。

「お姉ちゃんたちのことでしょ？」

そんな冬馬くんの様子などお構いなしに亜子ちゃんは言った。

「うん。いま兄ちゃんたち喧嘩《けんか》して少し険悪になってるって、亜子知ってた？」

「お姉ちゃんからは何も聞いてない」

「近頃オウセしないじゃんって兄ちゃんに言ったけど、その話をしたがらなくて、変だからしつこく訊いちゃった」

「それで？」

「……たぶんだけど、兄ちゃんが、なんか、紗英《さえ》さんのことを怒らせたっぽい……」

冬馬くんの目に、いつもの感じがなかった。話している内容のせいもあっただろうけど、きっと、わたしという部外者がいるせいで感情のままに亜子ちゃんを見つめられないのかもしれないな、と感じた。

「なにがあったの？」

「あんまりはっきり言わないからよく分かんなかった。亜子が紗英さんに訊いてみてよ」

「訊いておく」

「うん。訊いたら教えて。……なんか、妙な感じする、ここに亜子がいるの」

「これから結構来るつもりだから慣れて」

亜子ちゃんがそう言うと、冬馬くんは嬉《うれ》しそうだった。亜子ちゃんの目的は新堂くんなのに。

それからは、わたしと亜子ちゃんだけで話していた。冬馬くんは、亜子ちゃんの存在が気になるのだろう、後ろ姿は普段とちがって落ち着きがなかった。しかも教科書を机の上に広げていた。

そのうちに新堂が入ってきた。

亜子ちゃんが分かりやすく顔を赤らめたので、わたしは、冬馬くんにそれを見られないように、亜子ちゃんの前に立って遮ろうとしたけど、冬馬くんは振り返らなかった。

新堂は、いつも以上に眠たそうで、「新堂くん、おはよう」という冬馬くんの挨拶《あいさつ》に「おはよう」と返しながらわたしに目をやり、席に座った。新堂は亜子ちゃんが自分のことを好きだなんてきっとこれっぽっちも知らない。

新堂は机に頭を乗せて、すぐに寝に入った。

亜子ちゃんはその寝顔を存分に見つめていた。

それで結局、冬馬くんは、なん時に学校に来てるんだっけ？　交わした会話を思い返しても、そこに答えはなかった。

一週間も経つと、わたしたちの朝の教室に亜子ちゃんがいるのが当たり前になっていた。

冬馬くんひとりだったところから始まって、わたしが交ざり、新堂が交ざって、亜子ちゃんも交ざって、ふたりの時間が、三人の時間に、そして四人の時間になった。

三人のときは勝手気ままに過ごしていたようなところがあったけど、亜子ちゃんが加わってからはみんなで会話をすることも増えた。

冬馬くんは、亜子ちゃんが来ると、ただ振り返るのではなく、体ごと後ろに向けて座り直す。ここまで素直に感情をあらわにされると、わたしの嫉妬《しっと》みたいなものもわざわざ潰《つぶ》すまでもなく、清く弾《はじ》けていくような感じで、苦しくなかった。

きっとこの調子で、まもなくわたしの恋心は完全に活動を止めるだろう。

そうなることはちっとも哀しいことではなかった。四人でいるのがあまりにも楽しかったから。

学校の屋外プールが解禁になっても新堂は、朝練に参加する日もあれば、わたしたちと過ごす日もあって、気まぐれだった。

「あんなに泳ぎが上手なのに水泳の選手にならないの？」

と、わたしが尋ねると新堂は、

「タイムとか目指すより、ただ自分のペースで泳いでるほうが好きだから。将来はおれ、なりたいの決めてるし。パティシエになりたいからさ」

と言った。

「新堂くんパティシエになりたいの？」

亜子ちゃんは、意外な新堂の一面にすばやく反応してそう言った。

「そう。休みの日とか、いろいろつくってる」

甘いものが大好きなわたしは、つい、

「どうして一度も持ってきてくれないの？」

と、口走っていた。

「え……うち家族が全員甘党で食べちゃうから。甘いの好き？」

わたしと亜子ちゃんは強く頷《うなず》いた。

「なら、今度持ってくるよ」

「将来に向けてもう動き出してるって、かっこいいな」

冬馬くんは感心していた。

「冬馬くんはある？　将来なりたいもの」

わたしが訊《き》くと冬馬くんは、

「ないんだ、なにも」

と言った。

「小学校の卒業文集とか、なんて書いた？」

「わからない、って書いた」

わたしの質問に冬馬くんがそう答えると、

「わたしも。まだ考え中、って書いた」

と亜子ちゃんが笑って言った。

「一緒だ」

そう言って冬馬くんは嬉しそうにして、そのままの顔をわたしに向けて訊いた。

「三枝さんは？」

わたしはふたりとはちがっていた。莉子ちゃんみたいな画家になりたいとも思うし、洋服のデザイナーにも憧《あこが》れていた。指輪をデザインしてハンドメイドするのもいいなぁとか、最近はステンドグラスにも興味があったり、ちっともしぼれない。

そのまま伝えたら欲ばりと思われそうだったから、悩んだ末にわたしは、

「ものづくり」

と、かなりざっくりした答えを出した。そしたら新堂が、

「むいてそう。このあいだの美術の課題で出してた貼り絵、おれ、あれ好きだった」

と言ってくれた。

「あれは、夢に見たものを描いたの。暗いなかで、小さな光の粒に囲まれる夢を見たから」

わたしがそう答えると、新堂は、しばらく黙ったあとに、

「夏休みの自由課題って、なにやる？」

と訊いてきた。

「木琴つくる。亜子ちゃんと」

「すごいね。なんか、難易度高そう」

そう言う新堂に、

「つくりたいな、って思ったから、やってみる。強力な助っとがここにいるから、やれる」

とわたしは答えて亜子ちゃんを見た。

「ピアノやってたってだけなの。しかも小学校低学年までしか習ってなかったから、その程度のわたしがどこまでの力になれるのかは不安……」

恥ずかしそうに亜子ちゃんは言った。

「なんで木琴だったの？」

と新堂に訊かれて、今日はやたら新堂からの質問が多いなと感じながら、わたしは答えた。

「オカリナと悩んだけど、オカリナは好きなひとから教わりながらつくったものがあるから、それを超えるものをつくれる気がしなくて、だから木琴にした」

わたしは末山くんとオカリナを作ったことがある。白い小鳥のようなオカリナで、それはいまもわたしの宝物になっている。

「……木琴づくり、おれも真似していい？」

新堂がそう言うと、亜子ちゃんは、思わず、だったのだろう、「だったら新堂くんもわたしたちと一緒につくる？」と、言ってしまってから慌ててわたしの手を両手で握り、「いい？」と同意を求めてきた。

そんな彼女の目を見てしまったら、「だめ」なんて言えるわけがない。

亜子ちゃんと冬馬くんは、なんだか似ていると思う。ポーカーフェイスが似合うのに、感情が高まるときだけまったく別人のように目から気持ちが溢《あふ》れ出すところも共通していた。

「モッキンってなに？」

冬馬くんが、木琴を知らなかった。

「木を並べて、先を丸くした棒で叩《たた》いて、ドレミを奏でるんだよ」

わたしは言った。

「へえ、良さそうだね」

「一緒につくる？」

今度はわたしが誘った。

「うん。やる」

ほら、目を見れば分かる。わくわくが正直に溢れ出している。彼がつくる木琴からは、いったいどんな音が出るのだろう。前より彼を知っていくなかで感じるイメージから、きっと少し、どよんとした癖のあるうねりをもった響きになるのではないか、とわたしは思った。

わたしたち四人は、この中学二年の夏休み、木琴づくりに精を出す。

8

木琴づくりは、なかなか思いどおりにいかなかった。

森につくった作業場……といっても、わたしがママに車を出してもらってキャンプで使うテーブルや椅子なんかを設置したくらいのものだけど、そこにみんな自転車で、参加はいつでも自由というルールだったにもかかわらず、ほとんど毎日集合していた。

わたしたちはそれほどに真剣だった。あとはやっぱり、何よりも、四人でいるのが楽しかったのだ。

木琴の材料になるものを探しまわりながら、アイデアを出し合って、素材に工夫を凝らした。

そして、凝らし過ぎた。

リーダーのわたしは作業初日、小さかった頃に使っていたおもちゃのピアノを用意していて、音をみんなで確認しながら計画を立てた。

そのピアノの音と同じキーのドレミファソラシドでつくるのが亜子ちゃんで、わたしは、この亜子ちゃんの高いほうのドに続くものをつくる。冬馬くんは、亜子ちゃんの低いほうのドで終わるものをつくって、新堂はその冬馬くんの低いほうのドで終わるものをつくることになった。

本などでマニュアルを調べたりせずにつくることがわたしのテーマで、とにかく自分たちの感覚だけを頼りに、なんとか目指す音に近づける。多少の自由はあってよし。というのがルール。正しすぎても面白くないから。

そうなるとやはり、木材だけを真面目に集めたのは二日目までとなった。

「個性を大事にしていきましょう。もはや木琴にこだわらずに、なに琴になってもいいのではないでしょうか。発想は、豊かにいきたいところです。夏なんだし」

三日目になって出したわたしのこの提案により、発案当時自分の中でイメージしていた方向とは、徐々に違うほうへ向かうようになった。

六日目にはさらにこんな提案をわたしは口走っていた。

「どうせなら、多少の自由なんてお行儀のいいこと言ってないで、もっと大胆な楽器にする？ドレミファソラシドを揃えることを原則とするのもやめようか。ドレミファソラシドを並べたいひとはそうしてもいいし、しなくてもいい、どこまでも自由につくろうよ」

かっこよく言うならば、檻《おり》を取っ払って駆け回った、ということだ。

行先の分からぬままに。リーダーとしては不安を隠し持って、戸惑いながら先頭を走っていた。

家に帰ってからも、わたしは何か目につくたびに、その物がどんな音を持っているか、どこまでの音の伸びしろを秘めているかを確かめた。

竹なども含めた様々な木、貝殻やガラスのかけらや鉄くず、ラップの芯《しん》、ヨーグルトの瓶やクッキーやトマトなどの缶だったり、ママのお気に入りだったけどあまりにも好みの音を出すのでこっそり借りたゴブレット、クルミや子どもの頃に抜けた歯……音を響かせられそうなものならなんでも集めた。

四人がそれぞれに集めたものは「ブース」と呼ばれているところにひとまとめにして置かれていて、そこからみんな自分が使いたい音を選んでいく。

それを削ったり、違う材質のものと重ねたり、長さや形、厚みを変える。箱状にしてみたり、からからに乾燥させたり、油をしみ込ませたり、砂やビーズや液体を注入できるようにしたり。

バチもとても重要で、先につけるものを、柔らかいもの、堅いもの、鉄のような重いもの、ピンポン球のように中が空洞になっているもの等々、思いつくかぎりの種類を用意していくことになった。

みんなで知恵をしぼりながらとにかく思いつく限りのことをあれこれやってみる。そうやって、理想の音、自分たちが美しいとか気持ちいいとか思える音を夢中で追求して楽器のなかに組み込んでいく。

心から美しいとか気持ちいいと思える音なんてこの世に、そう多く出会えるものではない。これは根気との闘いだった。

疲れてくると、みんなで新堂がつくってくれた洋菓子を食べた。どれも売り物を持ってきたのではないかと疑いたくなるほど本格的なものだった。

わたしは、「ガトーショコラ」というのがとても気に入って、そしたら新堂はそれを毎日大量に作って持ってくるようになった。そんな新堂に、ちょっと莉子ちゃんみたいなところあるな、と感じながら、それなのに、テンションは貰《もら》うたびに上がっていくのだった。

だって、すごくおいしくて、香りが良くて、わたしはそれを、おふとんに入ってから食べる、一日の終わりに、口の中で感じたまま眠りたかった。「癒《いや》される」とは、こういうことをいうのだと知った。

そして、体重が三キロ増えた。

変化といえば、わたしの体重だけでなく、それぞれの名前の呼び方にも表れた。

新堂は「美々」「亜子ちゃん」「冬馬」と呼ぶようになった。

冬馬くんは「美々」「亜子」「洋祐」。

亜子ちゃんもわたしも冬馬くんのことを「冬馬」と呼ぶようになり、でも、新堂のことは「新堂」だった。亜子ちゃんまでも「新堂」と呼んだ。

「新堂は、美々ちゃんのこと好きなのが隠せなくなってるね」

亜子ちゃんとふたり、楽器のパーツに色を忍ばせていると、亜子ちゃんがそう言った。

「でも、なんでか、まったく苦しくならなくて、わたし、それでね……あのね、美々ちゃん……」

亜子ちゃんはそう言ったまま、体を小さくして、しばらく青色の塗料に黄色を混ぜていた。黄色が足されていくたびに、少しずつ明るい緑色に変化していった。

わたしは、亜子ちゃんがわたしにいつもそうしてくれるように、何も言わずに言葉を待った。

「わたしね、美々ちゃんごめん、冬馬が好き」

亜子ちゃんが混ぜている塗料が眩《まぶ》しいくらいの黄緑色になった頃、亜子ちゃんはそう言って、わたしをまっすぐに見つめた。

「どうして謝るの？　わたしもう冬馬に対してそういう気持ち全然ないよ」

「本当に？」

嘘偽りなく本心だった。

わたしはその告白を聞いて、まず「おおついに。早く冬馬に知らせてあげたい」と、そう思ったのだ。

わたしは強く頷《うなず》いたけど、まだ亜子ちゃんは不安そうな顔でわたしのことを窺《うかが》っていて、だからわたしは、どうすればその亜子ちゃんの不安をしっかりと拭《ぬぐ》い去ってあげられるのかを考えていた。

「きっとそれ、黄色に青色を入れていったほうが早かったね」

わたしは亜子ちゃんの手もとを指してそう言った。

亜子ちゃんは「ほんとだ」と言って笑ってくれると思ったのに、真剣な顔のままだった。彼女の緊張を解《ほぐ》すことに失敗したわたしは、緊張した。

「ミジンコ分の大きさほどもそんな気持ち残ってないよ。それに、まえに亜子ちゃん、わたしが新堂のこと好きになってもそれは新堂の恋が叶《かな》うってことだからいいことだって言ってたでしょ？　わたしもいまそういう気持ちっていうか、冬馬の恋が叶ったのをうれしく思ったよ」

「わたしそんなきれいごと言った？」

「え、きれいごと……？　ねえ亜子ちゃん、真面目すぎるよ、自暴自棄にならないで」

亜子ちゃんは、冬馬を好きになってしまったことで、かなり自分を追い詰めてしまっているのだと気づいた。

「それわたしにいつから伝えたかったの？　ずっと怖くて気持ち我慢してた？」

わたしはなんて言ってあげたらいいのか分からなくて、でもなるべく一刻も早く亜子ちゃんを楽にしてあげたい気持ちで喋《しゃべ》っていた。

亜子ちゃんは、そんなわたしの頰を両手で挟んだ。

わたしも亜子ちゃんの頰を両手で挟もうと思ったが、そのまま吸い込まれるように、抱きしめてしまった。

亜子ちゃんは、わたしの頰から下ろした手でわたしの背中に触れていた。

わたしたちは黙ったまましばらく抱きしめ合っていた。

そしたらそこに新堂が来て、

「そんなにくっついてたら、暑くない？」

と言ってきたが、

「うるさい、あっち行け」

と言ってわたしは彼を追い払った。

彼は、何も言わずにあっちに行った。

そしてちょっとその、自分が新堂に発してしまった言葉の乱暴さに、後悔して、落ち込んだ。

それなのにわたしは逃げ腰になって、彼に謝りにいけなかった。彼を避けるように一日を過ごした。

「癒される」ことのないままふとんのなかで目を閉じたけど、新堂のことが気になって仕方なかった。

明日は絶対に謝ろう。そう思っていたのに、朝目が覚めると、雨だった。

わたしは、まえに新堂から借りた青い折りたたみ傘をさしたときの、小さくて四角い取っ手の感触を思い出していた。

「今日は新堂に会えないのか」

窓の外で激しく降る雨を見ていたら、そう声に出していた。

雨の日は集まらずに、各自、家で作業することは、わたしが決めたルールだった。

夜になると雨はあがっていた。

わたしは、ママと莉子ちゃんと、黒い服を着て出かけた。

牧場を営む手嶋《てしま》のおじさんが亡くなったのだ。牧場のはずれに建つおじさんの家に設置された祭壇まえには、村じゅうのひとたちがご焼香のために列をなしていた。子どもの頃から見慣れたおじさんの笑顔の写真にわたしはお別れを言った。

手嶋さんの思い出話に花を咲かせるひとたちに交じって、わたしと莉子ちゃんは、出された煎茶《せんちゃ》を飲みながら、ママと千代子《ちよこ》おばさんが話しているのを聞いていた。

「わたしも、もうこの歳でいつ主人のところに行くことになるか分からないし、この牧場は手放そうと思って。うちの主人はいつも言ってたのよね、未山くんが跡取りになってくれたらなあって。放牧中に何処かへ行ってしまう牛も未山くんがよく見つけてきてくれて。ありがたかったわ、本当に」

「最近は清水くんがよく見つけてきてくれるんだって？」

「そうなの。助かってるよ」

「うちの聡も、家を勝手に出ちゃって迷子になったとき、清水くんに見つけてもらったんだよね」

ママの隣で莉子ちゃんが「はい」と言って頷《うなず》いた。

「あのひと清水くんにも跡取りになってくれないかなあって言ってたわ」

千代子おばさんはそう言うと、煎茶を飲み終えたわたしに、

「美々ちゃん、アイスクリーム食べていかない？」

と言った。

「いやいいよ、千代子さん大変なんだし、また食べに来るからさ」

とママがわたしが返事をするまえにそう答えたけど、

「うちのひと、美々ちゃんがおいしいって言ってくれるの喜んでたから食べていってよ。まだ時間だいじょうぶ？」

と千代子おばさんが言ったので、

「じゃあいただいていこうか」

とママがわたしに言った。

わたしは、

「はい。食べていってもいいですか？」

と千代子おばさんに言った。

「すっかり大きくなったね。わたしたちも歳をとるわけだ」

と千代子おばさんは、赤くした目を細めて笑った。

わたしたちは三人並んでソフトクリームを食べた。わたしは、以前、まだ莉子ちゃんがうちに来てわりとすぐの頃にもこうやってわたしと莉子ちゃんと未山くん、三人で並んで手嶋さんがくれたソフトクリームを食べたことを思い出していた。

手嶋さんも居なくなって、未山くんも居ない。あそこにいる牛たちはどこに行ってしまうのだろう。

「あ、清水くんだ」

ママが気づいて、清水くんに向かって手を挙げた。

清水くんは少し歩くスピードを上げ、わたしたちに近づいてきた。

「いま来たの？」

ママがそう声をかけると、

「はい。今日は寝ずの番をやろうと思います」

と清水くんは言った。

「そっか。千代子さんも清水くん居てくれたら頼もしいね」

わたしはつい清水くんのことをまじまじと見てしまって、目が合うと、彼は哀しそうな目でわたしに微笑みかけた。

そしてママと莉子ちゃんに頭を下げると、手嶋さんの家のなかへと歩いていった。

わたしはそれからしばらくして、手嶋さんの牧場を引き取り手が見つかるまでのあいだ清水くんが手伝うことになったとママから聞いた。

そのまま引き取り手が見つからなければ、彼はずっと牧場に残って、この村から消えないかもしれない。わたしはそんなふうに思ってしまった。

9

約束の夜、興奮していたわたしは、家族にそれがバレないようにいつもよりはやくふとんに入った。

楽器を完璧《かんぺき》なものに仕上げるために家でも睡眠時間を削って作業にあたってきたから、まぶたを閉じた途端に興奮よりも眠気が勝ってしまいそうだった。寝たふりをするのはあきらめて、タオルケットを頭からかぶった体勢で時間が経つのを待った。

一度眠ったら朝までめったに目を覚まさないママに、気づかれぬよう寝室を抜け出すことは、想像していたとおり、容易《たやす》いことだった。

ただ、念のため、わたしがふとんに戻るまえにママが起きてしまうことがあったら、きっと大変な騒ぎになってしまうはずだから、手紙を書いて枕のうえに置いた。


家出じゃないです。

学校に集まって４人だけの秘密の演奏会をやりますので、ちょっと今夜のみ、このような勝手をお許しください。

ママが目を覚ます時刻までに必ず帰ってまいります。

罰は、なんでも受ける覚悟もあります。

ありがとう。　美々

楽器は運ぶ際に音を立ててしまうため、夕方のうちにみんなの目を盗んで、自転車にくりつけておいたし、自転車のスタンドを上げる際に音が響かないようにオイルも注《さ》しておいた。

忍足でわたしは階段を降りた。リビングの闇のなかで、光る目玉が二つこっちを向いていた。もんちゃんはママにくっついて眠っていたので、あっちゃんだ。

そっと玄関のドアを出ると、自転車にまたがった新堂の姿が目に入る。わたしと新堂は声に出さずに合図を交わし、自転車を漕《こ》ぎ出した。

わたしたちの背後を、楽器のどこかがぶつかり合う音が追いかけていた。まるで、待ち遠しくて抑えられないふたりの高鳴りが先に楽器に触れて前奏を始めているように感じられた。

待ち合わせの裏門に行くと、すでに亜子ちゃんと冬馬がいて、わたしたちを待っていた。

みんなで助け合いながらフェンスを越えてプールに侵入し、楽器を並べた。空がうっすらと明るさを持ち始めていた。予定どおり、そのなかでわたしたちは演奏会を開始する。

「本当の青空が見られる時刻に始めよう」

そう決めたのは冬馬だった。

「本当の青空」と冬馬が呼んだ空は、黒色でもなく水色でもない、哀しくなるほど奇麗な色だった。そのなかで細い三日月や星たちが淡く光っている。

冬馬はこんな空の色のなかで毎朝家を出発し、学校へ来ていたのだ。

その青はゆっくりと降りてきて、わたしたちのことも染めていく。

「いっせーのせっ」

わたしの声でそれぞれが思うままに、この夏休みに夢中で探したこだわりの音を鳴らした。

四人の音が重なったり、並んだりして、気持ちのいいところに吸い寄せられていく。

わたしは、音を鳴らすのを繰り返すうちに、気分である程度強引に、いまここに欲しいと感じる音に近づけることができた。

この楽器を作りはじめた最初の頃にわたしが気持ちいいと感じる音は高い音ばかりだった。高音ばかり集めていたら、低音のものが欲しくなって、わりと中間がないというか、主に、高いか低いかで構成されている極端な鍵盤《けんばん》だったのだ。

わたしはぬり絵をしている感覚に近かった。空間に引いた線のなかを自分のイメージした音という色で塗り込んで埋めていくような気分だったから。

この世に、「音色」という言葉があるのも納得だった。音色という言葉を作ったひともわたしと同じように感じたのかもしれない。

わたしたちは会話もなく、聴覚を研ぎ澄まして互いに音で交流し、音の響きだけをひたすらに味わって楽しんだ。

不揃いで個性的な音たちは、ずれたり合わさったりして、その音の波が「本当の青」を映したプールの水面《みなも》を揺らしていた。

誰が告げたわけでもないのに、演奏は自然と終わりを迎えた。

音が止むと、唐突に現実に放り戻されたような気持ちになった。空はすっかり明るくなっていた。

「録音しとけばよかったね」

亜子ちゃんが言った。

みんなの顔は、達成感に満ちていて、キリリと澄んでいた。

だからもう、二度とこんな演奏はできないし、することもないだろう。

きっと、これきり。

記録は、しそこねてしまったけれど、この感動をわたしは自分の胸に永遠に残しておきたいと強く思った。


「このあいだ、あっち行け、うるさい、みたいなこと言ってごめんね」

帰りも新堂はわたしを家まで送ってくれた。もう朝陽が顔を出していて、はやく帰らなければママに叱られてしまうのに、わたしは自転車を押して歩いた。

「そんなことあったっけ?」

と新堂は言った。

「うん。わたしが亜子ちゃんと抱きしめ合ってるときだよ。覚えてるでしょ?」

わたしがそう言うと、新堂は笑った。

それから、新堂は自転車のスタンドを下ろしたので、わたしもそれに合わせて自分の自転車のスタンドを下ろし、ハンドルから手を離した。

新堂は、いつもお菓子を入れている小さなクーラーボックスを開けると、

「そろそろガトーショコラにも飽きてきたんじゃないかと思って」

と言って、橙色《だいだいいろ》の小箱をわたしにくれた。

「なか見てもいい？」

「うん」

箱のフタを外すと、黄色いクリームのケーキが入っていた。

そのクリームの上には葉脈のように繊細なデザインをしたホワイトチョコレートがのっていた。

「器用だね」

わたしがそう言うと、新堂は、

「美々もでしょ」

と言った。

「まあ、そうかも。このケーキ、なに味？」

そう訊《き》いたら、

「んー、食べてからのお楽しみにしたほうがよくない？」

と新堂は言うので、わたしは見た目だけで先に味を想像してみた。

「そうかも。ありがとう。起きたら真っ先に食べる」

「食べた感想聞かせてね」

「うん」

わたしたちは自転車のスタンドを上げてふたたび歩いた。

しばらくふたりで黙って歩いていたら、時間が気になってきて、そろそろ自転車を漕《こ》ごうとして立ち止まったとき、新堂が言った。

「この季節にもまだ見られる蛍がいるって言ったら信じられる？」

「蛍？」

「たぶん蛍だと思う。見たことがあるんだよね、三歳とか、そんな頃に一度だけ。親に訊いても覚えてないって言われたけど、でも自分の記憶として確かにあって、ここ何年かたぶんここだったたって場所に行ってみてるんだけど……なんか気配みたいなものだけで、見れてない」

「気配みたいなもの？」

「うん。蛍の気配みたいなものって、なんか変か」

「変でもないけど」

「なんでこの話、したかっていうと、美々のあの貼り絵が、その記憶に似てた」

「それは興味深いね」

「この夏は、なんとなく見られそうだと思って」

新堂はわたしをまっすぐに見た。これを「まなざし」というのか、これが、まなこでさす、というやつなのかと、さされたわたしは、なんだかとてもどきどきした。

「ちょっと特別な感じがするもんね」

「美々にも感じる？」

「うん。匂いや色なんかも、いつもの夏より濃い感じがしてた」

「そうだよね、同じように感じてた、おれも」

わたしは新堂の顔を見るのが恥ずかしくなってきて、自転車に跨《またが》った。

新堂もわたしに合わせて自転車に跨ると、言った。

「見に行ってみる？」

「行く。分かるよ、わたしも幼い頃の記憶って、幻みたいにありえないようなことでいっぱいだもん。でも幻にしたくないって思うもん」

「冬馬たちも誘う？　ふたりでもいいけど」

「誘おうよ。美しいものは仲間と見たほうがきっといいから。見せたかったなって、どうせあとになって思うんだから」

わたしがそう答えると、新堂は笑って、「そうだね」と言った。

結局わたしたちはなかなか自転車を漕ぎ出せずに、跨ったまま足で地面を蹴《け》りながら進んだ。

10

新堂がくれたケーキは、フォークで切ると、黄色いクリームの下は白い生クリームがたっぷり入ったロールケーキになっていて、その生クリームのなかには甘夏が入っていた。

食べると、甘さとすっぱさが、ほっぺに広がって、わたしは「幸せ……」と声を漏らしていた。

ちょっとずつ味わおうとしていたし、ママや莉子ちゃんや、一応、聡にも、分けるつもりでいたのだけれど、ひと口食べたら止まらなくなって、ひとりで平らげてしまった。

わたしは新堂の顔を見たら、感想とお礼をすぐに伝えたくなったけど、みんなのまえではなく、ふたりで話したくて、そのときがくるのを待ち遠しく思った。

夕焼けに染まった道を自転車で進んでいく。新堂のすぐ後ろには、亜子ちゃんと冬馬が横並びに自転車を走らせていて、わたしはその三人のことを少し後ろから追いかけていた。

どの影ものびのびとした長さで、わたしはそれを見ていたかったから。

幼い頃のわたしは影を理解できずに、背や体型が違うのに動きだけはピッタリと真似ることを楽しんでいる変わり者の妖精《ようせい》なのだと信じていた。

それだから、影踏みをして遊ぶのを泣いて嫌がっていたのだ。そんなことをふと思い出していた。

影の真実を知ったわたしは、その頃と比べてどんな人間になっただろう。

いつまでもずっと無邪気なままでいたい。

わたしはペダルを漕《こ》ぐ足を速めて、みんなの影に近づいた。

畑を抜けて、小道を入っていく。小さな橋を渡ったところで、わたしたちは自転車を降りた。

そこには、わたしの膝丈《ひざたけ》くらいの岩に、縦に長い岩がもうひとつ、ありえないようなバランスで重なっていた。

「どうしてこんなところにこんな岩があるんだろうね?」

わたしの質問に答えもせずに新堂は、藪《やぶ》のなかへと入っていった。

新堂はわたしたちを連れてどんどん奥へと歩いていく。

辺りはさらに鬱蒼《うっそう》としてきて、岩を越えてからわずかに聞こえてきていた水の音がはっきりと感じられるようになった。

水の音が近づいてくるのに連れて、辺りはどんどん暗くなっていった。

「あれ、懐中電灯がつかない」

と新堂が言った。

「貸して。ほんとだ」

と言う冬馬の声が聞こえた。

「このまま月明かりで見えるところまで行こう」

わたしがそう言うと、

「足もとに気をつけて」

と誰かが言った。

「もうすぐだと思う」

新堂の声がした。

静けさのなかで、水の湧くような音とわたしたち四人の枝葉を踏む音だけがしている。

それなのにたくさんの視線のようなものをずっと感じていた。

「ここってパワースポットかなにか？」

わたしは言った。

「どうして？」

誰かが言った。

その瞬間、あの引っぱられているような感触が訪れた。そして、心の奥を撫《な》でられているようなあの感覚。それはいつもよりもはっきりしていて、近かった。

「新堂？　亜子ちゃん。……冬馬？」

返事はない。

三人の気配はまったく感じられず、さっきまで聞こえていたはずの水の湧くような音も消えていて、風もない。

わたしは引かれるほうへと振り返る。

「未山くん……」

心は吸い寄せられているのに、体を動かすことができなくなっていた。でも、縛られているような不自由さとは違っていて、抱きしめられているような穏やかな気分だった。

わたしの両手は水を掬《すく》うようなかたちに導かれて、その手のなかに何かを吹き込まれるのを感じた。

音のない空気を思いきり吸ったその瞬間、辺り一面に白く輝く小さな光の粒がふわっと舞い上がり、わたしのまえに立つ未山くんの姿が照らし出された。

ほんとうにそれは一瞬のことだったけれど、わたしたちは、目が合った。あの頃のままの優しい目で未山くんはわたしを見ていた。

辺りは真っ暗でもう何も見えなかったけど、わたしが目を閉じたら未山くんは消えてしまうから、まばたきを堪《こら》えた。

涙がいっぱい出てきて、もうこれ以上目を開けていることができなくなった。

わたしはついに、目を閉じる。

闇に、自分が溶けていくようだった。

そのとき、

「美々」

とわたしを呼ぶ声がして、思わず振り返ってしまった。

水の湧くような音が戻ってきて、月明かりで、こっちに近づいてくる新堂の姿が見えた。

「探したよ。ここにいたんだね」

新堂が言った。

「このなかに蛍がいるかも」

わたしはそう言って、まるく合わせている自分の両手を新堂に差し出した。

「見つけたの？」

「見てみる？」

「うん」と新堂が言って、わたしは手をそっと開いた。

ひとつの光の粒がわたしの掌《てのひら》でぼんやりと光って、息を吐くように消えた。

わたしは自分の手をどうしたらいいのか分からずに、そのままにして新堂を見た。

新堂はその手からわたしの顔に視線を移して、

「いまのだね、たぶん、おれがあのときに見た光……」

と言った。

わたしたちはそれ以上どう言葉を交わせばいいか分からずにいた。

「美々ちゃん、新堂！」

奥からわたしたちを呼ぶ亜子ちゃんと冬馬の声が聞こえてきて、新堂は、わたしの手を強く握った。

「行こう」

そう言う新堂と目を合わせると、彼はわたしを引き寄せた。

わたしは頷《うなず》いて、亜子ちゃんと冬馬の声のするほうへ、手を繋《つな》いだまま新堂とふたり、足音を重ねてその場所をあとにした。


「美々、患者さんの家族から線香花火もらったんだけど、一緒にやらない？　手づくりの線香花火なんだって。二本だけだから莉子ちゃんや聡には内緒ね」

寝ようとしていたところをママに誘われて、わたしは「うん、やろう」と即答するとパジャマのまま庭に出た。

ママがマッチを擦って、一本ずつ線香花火に火をつけた。

淡い水色の和紙で作られた線香花火は、おとなしく弾《はじ》けて、その控えめな姿は、触れたら火傷《やけど》することを忘れてしまいそうになるほど愛らしかった。

「蛍、見れなかったんだって？」

そうママに訊《き》かれて、わたしは、「うん」と答えた。

「そうだよね、季節はずれだもんね」

わたしはそれにも「うん」と答えた。

するとママが、

「秘密の演奏会は？」

と言った。

わたしは、線香花火を持つ手が震えないように、気をつけながら、

「ママ……」

と返すのがやっとだった。

ママはわたしがあの夜、ふとんを抜け出して演奏会に行っていたことに気づいていながら、いままで黙っていたのだ。怖かった。お説教の時間な

らば、派手な音を鳴らす打ち上げ花火とか、火が激しく吹き出る手持ち花火とかのほうがよかった。

「そうだ、罰として美々に浴室ぴかぴかに掃除してもらおうかな」

「やります」

わたしは素早く大きな声で返事をした。

「ごめんなさいは？」

「ごめんなさい」

ママはしばらく何も言わずに、ゆっくりと燃焼していく自分の線香花火を見ていた。

わたしはさらに心を込めてもう一度謝った。

「ごめんなさい」

ママはずっと同じところを見たままで、

「心配したよ。まあ、あんたたちくらいの年頃は、秘密ってところに価値あるの分かるけどさ」

と言った。

「許してくれた？」

「これからは絶対に黙って行ったらダメ。何か危険なことに巻き込まれたらどうするの？　ママ、自分が寝ていて気づかないあいだに娘のあんたが危険な目に遭ってたら、自分のこと一生責めても責め足りないんだよ、分かる？」

「分かる」

「二度としないって約束できる？」

「二度としない」

「この約束守れるなら許す」

「約束する。二度としない」

線香花火は、ママのもわたしのも、おとなしく弾け続けていた。

「ママ、わたし、恋してる」

わたしがそう言うと、「話を逸《そ》らしたな」って指摘されるかもしれない
と思ったけど、意外にもママは、

「どっちに？」

と言った。

「え？」

「あのとき森で集まってた男の子のどっちかなんでしょ？」

「うん。新堂って子のほう」

「耳たぶが長い子のほうでしょ？」

わたしは新堂を思い浮かべた。ちょっと耳たぶまでまだ把握できてない

けど、冬馬の耳はだいたい想像できた。たぶんあの耳たぶをママはわざわざ長いと感じないだろうから、間違いない。

「そう」

とわたしは答えた。

「どっちもいい子だったけど、わたしもそっちの子のほうが好きだな」

「うん。ママは、未山くんいなくて寂しい？」

「……美々はさ、未山くんのことどれくらい覚えてるの？」

ママはわたしの質問に答えずに、そう言った。

「いっぱい覚えてる」

わたしはそう答えた。

「そっか」

とママは言った。

「ママは？」

「もちろん全部覚えてるよ。わたしのなかの最高の思い出だもん」

わたしは「そっか」と言って、それからママに、

「ママにとって未山くんはどんなひと？」

と訊《き》いた。

「恋人」

ママはそう答えると、わたしにも、

「美々にとっては？」

と訊いた。

「パパ。でも、初恋のひとなのかも」

ママはなんだかとても嬉《うれ》しそうな顔をして、

「未山くんはモテるからね」

と言った。

「我が家の女子全員が未山くんの女だもんね」

わたしがそう言うと、ママは笑った。

「あのひとさ、周りに与えすぎて自分はすっからかんっていうか、なんか、いろいろと抜け落ちているような危うさがあって、第六感だけで生きているような、そういうひとだったんだよね。自分を失くしちゃったひとだ、って思って。ママはそんな彼を好きだったの。ママ、彼に出会った頃、『超』が三つくらいつくほど欲まみれだったからさ。自分のなかにある執着とか欲求みたいなものでぐっちゃぐちゃだった。未山くんは、そういう濃い念のようなものを磁石みたいに自分に引っ付けて歩いているようなひとだったじゃない？」

「うん」

「だからわたしのそういう汚いものが彼の体に付いてしまっているような感じがして、わたしやっと、こんなんじゃいけないって思えて、覚醒《かくせい》したんだよ」

わたしはママの話を聞きながら、じりじりとした振動が伝わるほど指に近づいていた火のしずくを見ていて、もしもママのより先に落下したら、あの日のことを話そうと決めていた。

「ママ、わたし、このあいだみんなで蛍を探しに行った日、未山くんに会ったよ」

本書は書き下ろしです。

サイド バイ サイド

伊藤《いとう》ちひろ

令和5年 4月25日　初版発行

発行者●山下直久

発行●株式会社KADOKAWA
〒102-8177　東京都千代田区富士見2-13-3
電話　0570-002-301（ナビダイヤル）

角川文庫 23626

印刷所●株式会社暁印刷
製本所●本間製本株式会社

表紙画●和田三造

ISBN 978-4-04-113568-6　C0193

◇◇◇

角川文庫発刊に際して

角川源義

第二次世界大戦の敗北は、軍事力の敗北であった以上に、私たちの若い文化力の敗退であった。私たちの文化が戦争に対して如何に無力であり、単なるあだ花に過ぎなかったかを、私たちは身を以て体験し痛感した。西洋近代文化の摂取にとって、明治以後八十年の歳月は決して短かすぎたとは言えない。にもかかわらず、近代文化の伝統を確立し、自由な批判と柔軟な良識に富む文化層として自らを形成することに私たちは失敗して来た。そしてこれは、各層への文化の普及滲透を任務とする出版人の責任でもあった。

一九四五年以来、私たちは再び振出しに戻り、第一歩から踏み出すことを余儀なくされた。これは大きな不幸ではあるが、反面、これまでの混沌・未熟・歪曲の中にあった我が国の文化に秩序と確たる基礎を齎らすためには絶好の機会でもある。角川書店は、このような祖国の文化的危機にあたり、微力をも顧みず再建の礎石たるべき抱負と決意とをもって出発したが、ここに創立以来の念願を果すべく角川文庫を発刊する。これまで刊行されたあらゆる全集叢書文庫類の長所と短所とを検討し、古今東西の不朽の典籍を、良心的編集のもとに、廉価に、そして書架にふさわしい美本として、多くのひとびとに提供しようとする。しかし私たちは徒らに百科全書的な知識のジレッタントを作ることを目的とせず、あくまで祖国の文化に秩序と再建への道を示し、この文庫を角川書店の栄ある事業として、今後永久に継続発展せしめ、学芸と教養との殿堂として大成せんことを期したい。多くの読書子の愛情ある忠言と支持とによって、この希望と抱負とを完遂せしめられんことを願う。

一九四九年五月三日